☙ 名家导赏版 ❧

契诃夫戏剧全集

林 妖

7

Леший

Антон Павлович Чехов

安东·巴甫洛维奇·契诃夫　著

童道明　译

上海译文出版社

目 录

导读
徐乐 《林妖》里的"黑暗森林"法则 I

林妖 1
  人物表 3
  第一幕 5
  第二幕 35
  第三幕 61
  第四幕 91

童道明 从《林妖》到《万尼亚舅舅》................. 122

* 导 读 *

《林妖》里的"黑暗森林"法则

徐 乐

在很多人的印象里,契诃夫是一位性情温和、有坚定的毅力和自制力的作家,因此有这么一种说法,认为在他为时不长的一生中,从来没有过尖锐的危机和剧烈的转折。但实际上在一八八〇年代末,当他接近而立之年时,无论他的生活还是创作都经历了不小的冲击。一方面是哥哥尼古拉骤然离世,另一方面是批评界多年来如影随形地指责他的作品缺乏思想性,内外交困下他仿佛体验到但丁在《神曲》开篇所写的名言:"在人生的中途,我迷失于一片黑暗的森林。"于是在一八八八至一八八九年写作的剧本《林妖》中,他也郑重地探讨了"黑暗森林"主题。毋庸讳言,这部剧作是契诃夫意图克服危机的一次不算成功的尝试,但它的写作经验十分重要,因为契诃夫后来最伟大的戏剧杰作之一——《万尼亚舅舅》就改写于这部试作,它清晰地展示了契诃夫走出

"黑暗森林"和创制新的戏剧体裁的成长道路。

"所有人反对所有人的战争"

契诃夫毕业于莫斯科大学医学院,接受过专业的科学教育,因此他对森林与气候的关系,森林对于俄罗斯国家历史、文明和人民性格的影响,都有非常深刻的认知,他是俄国文学史上第一个关心生态和环保问题的大作家。《林妖》里写道:森林改造气候,装点大地,培养人的美感和精神,滥伐森林则造成河流干涸、鸟兽失所、气候变坏、土地贫瘠的恶果——在今天看来都有严格的科学根据。剧中的赫鲁舒夫医生热爱森林,把森林看作自然赠予人的美和财富,认为人有义务保护森林。可是,周围没有人理解他,给他起了个绰号"林妖",并且依然在野蛮地砍伐森林,把美丽的树木放在炉子里白白烧掉。这里对森林的破坏具有隐喻含义,它既反映了人的心胸狭隘和精神萎靡,也是人与人之间丧失信任和同情的结果,正如叶莲娜所说:

> 你们都在丧失理智地毁坏森林……你们同样地在丧失理智地毁坏人,由于你们的过失,大地上将不再存在忠诚、纯洁和自我牺牲的精神……真像这

个林妖所说的，在你们身上都有一种破坏的本能，对于森林，对于鸟类，对于女人，对于你们的同类，你们都没有怜悯之心。

人在冷酷无情地毁灭森林的同时，也在破坏自己的生存环境，表现为剧中所有的人物关系都产生了危机：年迈的教授谢列勃里雅科夫退休后为经济所迫，满怀怨气地带着自己年轻美丽的第二任妻子叶莲娜住到前妻留下的乡村庄园，前妻的母亲玛丽雅、弟弟沃依尼茨基和女儿索尼娅长期以来苦心经营这座庄园，把全部收益用于维持教授在城里的体面生活。但沃依尼茨基突然觉醒，对教授产生了强烈的憎恨，嫉妒他的运气，并且无望地爱上了教授的妻子，人们已经纷纷传言他与叶莲娜有了不正当的私情。索尼娅虽然善良聪慧，且对赫鲁舒夫萌生爱意，但习惯以"狡狯而怀疑的"眼睛看人，给后者打上"民主派""民粹派"的标签，怀疑他保护森林的动机"都是装样子的，是虚假的"。对此赫鲁舒夫愤怒地回答："如果您知道，你们这里是多么让人憋气！这里对每一个人都斜眼相视，并把他们看成民粹派分子，神经病人，牛皮大王，什么都可能是，唯独不是人！"他呼吁应该直率坦白地看待人，首先把人看作人，否则人们的关系永远都不可能和睦，索尼娅也会失去爱的能力。

在剧本里，叶莲娜被人说成是"金丝雀"，这个比喻隐含深意：因为金丝雀对空气特别敏感，经常被用于检测矿洞毒气，而叶莲娜似乎也比别人更敏锐地察觉到在这个被称为"知识之家"的房子里所隐藏的仇恨，准确地预感到不祥之事即将发生。第三幕中，当教授公布出售庄园的计划时，他与沃依尼茨基发生了激烈的冲突，而沃依尼茨基的开枪自杀将剧情推至高潮。悲惨的事故震惊了每一个人，赫鲁舒夫由此认识到，虽然他忙于种树，从斧子下挽救森林，但同时却忽略了对人的关怀，因此他的工作毫无意义，进而他对众人说："你们叫我林妖，但不仅我一个，在你们所有人的心里都藏着一个林妖，你们所有人都在黑暗的森林里游荡，凭着感觉生活。"由于人的懒惰和道德沦落，森林遭到无情砍伐，而风景的改变也导致人的心性的改变，于是不仅大自然，人的灵魂也变得荒芜，人不再愿意从事创造活动，而是将周围的生存环境恶化为"黑暗森林"。

"金丝雀"叶莲娜早于所有人探测到危险的气息，也正是她揭示出主宰着人类生活的"黑暗森林"法则——"所有人反对所有人的战争"，而在"黑暗森林"中，每个人的生活和整个世界都被这种普遍的战争摧毁："世界不是毁于大火，不是毁于强盗之手，而是毁于人与人之间的憎恶和仇恨，毁于所有这一切渺小的纷争……"沃依尼茨基死后，赫鲁舒夫终于痛心地领悟到，所有人都屈从于"黑暗森林"法则，因此"没有真正的英雄，没有天才,没有能把我们从黑暗的森林里引领出来的人"。为了走出"黑暗森林",契诃夫的戏剧在呼唤真正的英雄。

新型长篇小说式戏剧的一次"排练"

《林妖》从审查到上演可谓一波三折。剧本刚写完,契诃夫的朋友,彼得堡亚历山大剧院演员斯沃鲍金便把剧本送交剧院的戏剧文学审查委员会上宣读,结果遭到与会成员的一致否决。按照斯沃鲍金的说法,这几位权威听众虽然都无法否认剧作家的天才和剧本的优点,可是"这些优点又令人难解地成了妨碍这个剧本上演的缺点"。根据一八八九年十月十九日《彼得堡报》上刊登的一则简讯披露,戏剧审查委员会在表决剧本是否可以公演时颇感棘手:"似乎大家认为这是一个出色的、戏剧化的中篇小说,而不是一个戏剧作品。"后来,契诃夫又把剧本手稿交给马林诺夫斯基剧院的演员连斯基,后者在一八八九年十一月二日的回信中直截了当地劝契诃夫放弃戏剧,回去写小说:"我只想说一句话:您就写小说吧。您过于轻蔑地对待舞台和戏剧形式,太不尊重它们,以至于写不了剧本。这种形式比叙事形式更难……"

剧作最终于一八八九年十二月二十七日在莫斯科阿布拉莫娃的私人剧院上演,但演出十分仓促,演员的选角也不合适，这给了专业的剧评家们表达不满的绝佳机会，他们说在《林妖》里看不到戏剧性的冲突，破坏了舞台的假定性程式，是对莫里哀和格利鲍耶陀夫奠定的经典喜剧规则的冒犯。他们同样觉得这部剧具有浓厚的文学韵味，更适合被写成一部小说。众所周知，契诃夫终生未写过长篇小说，但他的确以《林妖》为起点，开创了一种以往舞台上从未有过的长篇小说式的戏剧，在这样的新型戏剧里，生活的真谛并不表现在激烈的冲突和巅峰的体验中，剧作家尽力在日常的交谈、吃喝、散步、读报、打牌这些细节中，在无声的停顿或者意味深长的弦外之音中，展现人内在的、长久的、习惯性的苦闷心理和时代的隐秘潮流。剧情主线不再围绕单一的、异于常人的主角行动推进，而是由一大群不同人物的复杂关系构成，剧终也不意味着切断了生活的总体进程。在某种程度上，《林妖》就是对新的长篇小说式戏剧的一次"排练"，而这一新创制的体裁将在之后的《万尼亚舅舅》和其他大戏中得到完美的实现。

当时的戏剧界敏锐地察觉到（虽然是从指责的角度）契诃夫的离经叛道，一八九〇年的一篇评论尤其有代表性，它似乎从反面总结了剧本中所有的创新之处：

> 这部戏剧没有真正的喜剧核心……这不是戏剧——在粗陋地拼凑起来的几场戏中，我们看到的

是被不幸地塞进戏剧形式的一个故事，甚至可以说是一部小说。每个人都待在家里或与朋友们一起吃吃喝喝，同时喋喋不休地说些陈词滥调，如果你想把人们彼此的寒暄问候或者相互争吵听上十遍，那么根本就没有必要去剧场忍受一部"喜剧"的四幕表演。

从今天的角度看，《林妖》的结构固然有些"粗陋"，但问题并非出在契诃夫忽视了戏剧的固定程式和规则，而恰恰在于他尚未摆脱那些评论家最为推崇的程式化的剧情公式：在谈话中产生误解，升级为你死我活的冲突，关键时刻突然找到了一份真相大白的文件，于是人们幡然醒悟相互和解，男女主人公们各自成双配对地恋爱，同时还要加上贯穿始终的道德说教，等等——这些都与经典的喜剧体裁规律完全吻合。可是，就在写作《林妖》的时期，契诃夫已经产生了锻造新的戏剧艺术形式的计划，他在与朋友的谈话中说：

> 要知道在生活中人们不是每分钟都在开枪，上吊，表白爱情。也不是每分钟都在说智慧的格言。他们更多地是在赶路，喝酒，追逐女性，说蠢话。这些应当在舞台上看得到。应当创作这样一部剧，在那里人们光临，离开，吃午饭，聊天气，玩文

特……不是因为作者需要如此,而是因为现实生活本来如此……

正是丢弃了所有上述的那些轰动的舞台效果和戏剧套路,同时保留下"吃吃喝喝""来来往往""聊天气""玩文特"和因为琐碎小事导致的"相互争吵"这些看上去微不足道而又乏味枯燥的日常生活细节,并且赋予它们更加深刻的存在意义,使它们负载了更加广阔的历史视野和全人类命运,契诃夫将《林妖》改写成不朽之作《万尼亚舅舅》。在后一部剧作中,那些闲散的谈话、无聊的争吵、每天都发生的琐事、无精打采或者玩世不恭的人物,一方面暴露出自私和软弱的平庸之恶,另一方面也闪耀出令人惊异的坚韧不拔和自我牺牲的美德,照亮了在"黑暗森林"中前行的道路。但在《林妖》中,走出"黑暗森林"的尝试还需要借助传统喜剧的大团圆式收尾方式。

试图走出"黑暗森林"的结尾

契诃夫创制的新戏剧类型有一个最关键的环节——结尾。一八九二年他在一封信中写道:"我有一个有趣的喜剧情节,不过还没有把结局想出来。谁为剧本发明了新的结局,谁就开辟了新纪元。这些可恶的结局却始终没有出世!主人公要么结了婚,要么开枪自杀,别的出路是没有的……"我猜测他写这番话时一定自嘲地想到了《林妖》,因为在一八八九年完成的这部剧里,他为一个主人公沃依尼茨基选择的结局正是开枪自杀,而让另一个主人公赫鲁舒夫最终喜结良缘。结尾处出现了成对的情侣,出走的叶莲娜则与谢列勃里雅科夫教授重归于好,所有皆大欢喜的氛围既与一个亲人的死亡明显不协调,也衬托出这些幸福的人的轻浮心态和庸俗习气。也许这种过分顺利的结尾和轻松取得的和解,使契诃夫后来甚至说他"憎恨这个剧本,极力要忘掉它"。但在写作这部剧的一八八○年代末,契诃夫正处在思想危机之中,而批评界则攻击他对道德问题漠不关心,此时他迫切希望用直白的道德说教扭转人们的印象,便把《林妖》里主人公们身陷"黑暗森林"的原因全部归结为他们性格中的缺陷,也就是说他们都是犯了错误的普通人,纠正起来便十分容易:只要捐弃偏执,坦诚相见,就可以携手走出"黑暗森林",扫除妨碍人们生活的普遍战争。

最后一幕场景被意味深长地安排在森林里,沃依尼茨基的自杀使所有人都受到道德上的震动,他们纷纷忏悔、彼此宽恕,于是"所有人反对所有人"的普遍战争法则荡然无存(在第一版里,甚至谢列勃里雅科夫教授也幡然悔悟),"黑暗森林"转而变为创造爱情奇迹的胜地:"林妖在这里出没,美人鱼在树林中坐着……"发生森林火灾时,医生义无反顾地奔向救灾现场,并发表宣言:"我会长起雄鹰的翅膀,不管是火灾还是野鬼都吓不倒我!就让森林烧掉好了,我会栽种出新的森林!别人不喜欢我好了,但我喜欢别人!"在契诃夫笔下,"林妖"终于成长为带领大家走出"黑暗森林"的英雄。

浓厚的道德讽喻氛围笼罩着总体的解扣,叶莲娜回到丈夫身边,费德尔·伊凡诺维奇改过自新向尤丽娅求婚,赫鲁舒夫医生与索尼娅消除误解表白爱情,而爱情恰恰是"黑暗森林"里给医生提供指引的明灯,须知在第二幕中他就说过:"当一个人深夜走在树林子里,如果在那个时候看到了远处的灯火,那么他就不会感觉到疲乏,也不会顾及黑暗……"于是,在一片"欢笑,接吻,嬉闹"中,全剧以德雅金的感叹"这太好了!这太好了!"宣告落幕。

从"黑暗森林"到"钻石天空"

但是,无论这些活下来的人物将过上什么样的幸福生活,都难以掩盖沃依尼茨基死亡所带来的悲剧阴影,他与谢列勃里雅科夫教授的斗争被保留在《万尼亚舅舅》中,他们的冲突也超出了个人之间的意气之争,触摸到人的自我意识在面对虚无时更加根本的精神危机。需要说明的是，在新写出来的剧本里，这样的深层危机基本不会通过高度戏剧化的舞台行动被揭示，万尼亚舅舅（沃依尼茨基）在绝望中没有像他的前身那样自杀，而是笨拙地举枪指向谢列勃里雅科夫教授，但连放三枪都没有打中，因为他的敌人不再是教授个人，而是教授所代表的压抑人的心灵的、无所不在的社会氛围。难怪契诃夫在亲自观看演出后对女演员说："全部意义和全部戏剧都在人的内心，而不是在外部表现……你要知道，开枪不是戏剧，而是偶然事件。"

《万尼亚舅舅》里偶然的、徒劳无功的射击取消了《林妖》主人公开枪自杀的震撼性和严肃性，而没有枪声的死寂才是生活的常态，告别时沃依尼茨基对谢列勃里雅科夫说："你以前从产业中得到多少收入，以后还会照旧定期寄给你。一切都会和先前一样。"表面上每个人的生活恢复到开始时的状态，似乎剧情完成了一个圆圈又返回原点，但平静的水面下暗流涌动，被压抑的心灵依然在痛苦地寻找着出路，正如万尼亚舅舅在第二幕所说："我既然放过了生活，什么都没有啦，我就只好生活在幻梦里了。"

诚然，《万尼亚舅舅》的主人公们不会像陀思妥耶夫斯基小说里那样，在经历灵魂转折之后直接讨论并试图解决永恒和上帝是否存在的道德-哲学问题，他们只是谈论对普通人而言至关重要的东西：劳动、美、爱情、死亡。"林妖"赫鲁舒夫医生被改写为阿斯特罗夫医生，在新剧里他因为"工作得太多"已经见老，不像以前那样漂亮了。他依然爱美，谴责"闲散的生活"，拯救森林，给农民治病，但失去了爱的能力，无法爱上比《林妖》中更值得爱的索尼娅。阿斯特罗夫走不出"黑暗森林"，他的生活完全没有希望，在最后一幕里他对沃依尼茨基说："我们却只剩下一个希望了：只有到坟墓里去看些个梦境吧……"与之相反，索尼娅在剧终安慰万尼亚舅舅说：

> 我们要耐心地忍受行将到来的种种考验。我们要为别人一直工作到我们的老年，等到我们的岁月一旦终了，我们要毫无怨言地死去，我们要在另一个世界里说，我们受过一辈子的苦，我们流过一辈子的泪，我们一辈子过的都是漫长的辛酸岁月，那么，上帝自然会可怜我们的，到了那个时候，我的舅舅，我的亲爱的舅舅啊，我们就会看见光辉灿烂的、满是愉快和美丽的生活了……我们会休息下来的！我们会听得见天使的声音，会看得见整个洒满了钻石的天堂,所有人类的恶心肠和所有我们所遭受的苦痛，都将让位于弥漫着整个世界的一种伟大的慈爱，那么，我们的生活，将会是安宁的、幸福的，

像抚爱那么温柔的。我这样相信,我这样相信……

最后这句反复诉说的"我这样相信……",与《三姊妹》剧终奥尔加不断重复的"我们真恨不得能够懂得呀,我们真恨不得能够懂得呀……"有异曲同工之妙,两位女主人公都对人们当下的痛苦有深刻的同情和悲悯,但并不能像在《林妖》结尾里那样勾画出美好生活的蓝图。她们在现实生活中得不到爱的回应,因此只是在希望,在猜测,在预感,在试图理解生活的意义。然而,凭借悲天悯人的心灵和自我牺牲的劳动,索尼娅毕竟在"黑暗森林"上方看到那"洒满了钻石的天空",这为光明的期待提供了诗化的担保和信念。而契诃夫也终于找到了除自杀和结婚外真正"开辟了新纪元"的戏剧结尾方式。

林 妖

四幕喜剧

一八八九年

人物表

亚历山大·弗拉基米洛维奇·谢列勃里雅科夫——退休教授。

叶莲娜·安德列耶夫娜——谢列勃里雅科夫的夫人,三十七岁。

索菲娅·亚历山德洛夫娜(索尼娅)——谢列勃里雅科夫前妻的女儿,二十岁。

玛丽雅·瓦西里耶夫娜·沃依尼茨卡娅——一个三等文官的遗孀,谢列勃里雅科夫前妻的母亲。

叶戈尔·彼特洛维奇·沃依尼茨基——玛丽雅·瓦西里耶夫娜的儿子。

列奥尼德·斯捷潘诺维奇·日尔屠欣——没有结业的工艺师,一个很富有的人。

尤丽娅·斯捷潘诺夫娜(尤丽娅)——日尔屠欣的妹妹,十八岁。

伊凡·伊凡诺维奇·奥尔洛夫斯基——地主。

费德尔·伊凡诺维奇——奥尔洛夫斯基的儿子。

米哈依尔·列沃维奇·赫鲁舒夫——地主,大学医学系的毕业生。

伊里亚·伊里依奇·德雅金

瓦西里——日尔屠欣的仆人。

谢苗——磨场的工人。

第一幕

日尔屠欣家庄园的花园。带凉台的房子,在房前的场地上放着两张桌子:摆上餐具的大桌子是吃饭用的,另一张小一点的桌子提供小吃。此刻已是下午三点钟。

一

日尔屠欣和尤丽娅从房子里出来。

尤丽娅 你最好穿一件灰色的上衣。这一件对你不合适。

日尔屠欣 一个样,无所谓。

尤丽娅 列涅契卡,你为什么这样忧郁?难道在生日这天也能这样?你多不听话!(把头埋在日尔屠欣怀里)

日尔屠欣　少一点浪漫，好吗？

尤丽娅　（含泪）列涅契卡！

日尔屠欣　这些酸溜溜的吻，这些含情脉脉的眼神，还有我根本不需要的表套，都没有意思。你最好还是满足我的请求！你为什么不给谢列勃里雅科夫家写信？

尤丽娅　列涅契卡，我写过了！

日尔屠欣　写给谁了？

尤丽娅　写给索尼娅了，我请她务必今天中午一点之前到我们这里来。真的，我写了！

日尔屠欣　但现在已经两点多钟了，可他们还没有来。随他们去吧！不来也罢！这些都可以不去管他，反正没有什么好结果的……留下的只有屈辱、恶心的感觉，其他就什么也没有了……她对我一点不感兴趣。我不漂亮，干干巴巴的，我身上没一点浪漫的东西，如果她嫁给我，那也是有另外的打算……为了钱！

尤丽娅　不漂亮……你不了解自己。

日尔屠欣　我好像是个瞎子！胡子是从脖子上长起来的，与众不同……胡须又是鬼知道……还有鼻子……

尤丽娅　你干吗托着腮帮子！

日尔屠欣　眼睛下边又痛起来了。

尤丽娅　是啊，有点肿了。让我来吻一下，肿块就不见了。

日尔屠欣 愚蠢!

[奥尔洛夫斯基和沃依尼茨基上。

二

上一场的人物,奥尔洛夫斯基和沃依尼茨基。

奥尔洛夫斯基 小姐,我们什么时候吃饭?已经两点多钟了!

尤丽娅 谢列勃里雅科夫一家还没有来呢!

奥尔洛夫斯基 要等到什么时候?我想吃。叶戈尔·彼特洛维奇也想吃。

日尔屠欣 (向沃依尼茨基)你们的人来吗?

沃依尼茨基 我出门的时候,叶莲娜·安德列耶夫娜正在穿衣服。

日尔屠欣 这么说,他们会来的。

沃依尼茨基 这可说不定。万一我们的将军又犯了痛风病或是又发起小脾气,他们就来不了啦!

日尔屠欣 这样的话咱们就开饭。有什么好等的!(大声)伊里亚·伊里依奇!谢尔盖·尼科季梅奇!

[德雅金等两三个客人上。

三

上一场的人物，德雅金和客人们。

日尔屠欣　大家吃吧，请用。(站在摆小吃的桌子旁)谢列勃里雅科夫一家没有来，费德尔·伊凡内奇没有到，林妖也没有来……他们把我们忘了。

尤丽娅　教父，您要酒吗？

奥尔洛夫斯基　少来点，这就够了。

德雅金　(把餐巾缠在颈部)尤丽娅·斯捷潘诺夫娜，你们家的产业搞得真不错！不管是走在你们的田野里，还是在你们花园的树荫下散步，还是看看这张餐桌，我到处能见到您那双神奇的手的力量。为您的健康干杯！

尤丽娅　烦心事太多，伊里亚·伊里依奇！比如，昨天纳扎尔没有把火鸡赶进鸡棚里去，火鸡在花园的露水里过了夜，结果今天有五只火鸡死了。

德雅金　这可不行。火鸡很娇气。

沃依尼茨基　(向德雅金)麻糕，给我切点火腿肉！

德雅金　甘愿效劳，很好的火腿，这是《一千零一夜》里的一绝。(切火腿)我给你严格按照艺术的法则来切。贝多芬和莎士比亚不会这么切。不过是刀有点钝。(磨刀)

日尔屠欣　（跳起）唔！……别这样，麻糕！我受不了这个！

奥尔洛夫斯基　叶戈尔·彼特洛维奇，您看看你们家出什么事了？

沃依尼茨基　没有出什么事呀。

奥尔洛夫斯基　有什么新情况？

沃依尼茨基　没有新情况，一切照旧。去年怎么样，今年还是怎么样。我的老妈妈，还一个劲儿地谈论妇女解放。她一只眼睛瞅着坟墓，另一只眼睛在聪明人写的书本里寻觅新生活的曙光。

奥尔洛夫斯基　那沙萨呢？

沃依尼茨基　很遗憾！蛾子还没有把教授吞吃掉，他还是从早到晚坐在书房里写作，"开动脑筋，皱起眉头，我们写诗，我们写诗，我们去任何地方也听不到喝彩，无论是对于自己还是对于诗。"可怜的纸张！索尼娅还是在读那些聪明的书，写那些聪明的日记。

奥尔洛夫斯基　你是我亲爱的，我的灵魂……

沃依尼茨基　照我的观察能力，我能写小说。想到个情节马上就写到纸上。这位退休的教授，名不符实的老家伙，老面包干……痛风、关节炎、偏头痛、肝病，等等……像奥赛罗一样的嫉妒，他不得不住在前妻的庄园里，因为城里他住不起，他永远埋怨自己的不幸，其实他够幸福的了。

奥尔洛夫斯基 是这样！

沃依尼茨基 当然啰！倒是想想他有多走运！我们先不说他是一个在教堂里朗读《圣经》的教士的儿子，后来是一所宗教学校的学生，获得了学位和教席，成了教授大人，当了乘龙快婿，还有其他，等等。这还并不重要，但你想想这样一个情况，一个整整二十五年一直做艺术讲座、写艺术论文的人，对艺术一无所知。整整二十五年，他学着别人的腔调，大谈现实主义、自然主义和其他无用的学问，二十五年讲一些、写一些聪明人早已知道而蠢人根本不感兴趣的话题，这就是说，他整整讲了二十五年的无聊的废话，然而他又取得了那么大的成功！获得了那么高的知名度！这是凭什么，为什么？根据什么法律？

奥尔洛夫斯基 （笑）嫉妒，嫉妒！

沃依尼茨基 是的，我是在嫉妒！他多能讨女人的欢心！没有一个唐璜比他更能诱惑女人！他的第一任妻子，就是我的姐姐，温柔可爱、纯洁得像这片蓝天，高尚而富有同情心，她的追求者比他的学生人数还多。可是她却爱上了他，就像纯洁的天使爱着和自己同样纯洁的天使一样。我的母亲，他的岳母，直到现在还崇拜着他，他直到现在还让她感到敬畏。他的第二任妻子，是个聪明的美人——你已经见过她，嫁给了他这么个老头，将自己的青春、美貌、自由和体面全都奉献给了他……这是凭什么，为什么？要知道她是一个多么有才华的演员！她钢琴演奏得多奇妙！

奥尔洛夫斯基 总的来说，是个有才华的家庭，难得的家庭。

日尔屠欣 是的，以前，索菲娅·亚历山德洛夫娜有非常好的嗓子。很出色的女高音。这样的女高音就是在彼得堡也听不到，但是，你们知道吗，她唱高音的时候有点发紧，太遗憾了！给我高音！给我高音！啊嘿，要是这些高音拿得下，我用脑袋担保，她会前途无量，你们明白吗……对不起，先生们，我要和尤丽娅说两句话。(把尤丽娅拉到一边)骑马去找他们。写清楚，如果他们不能马上来，那么来吃午饭也好。(轻声)不要丢我的脸，信写得要有点文采……"来"这个字用旧体字书写……(大声地、亲热地)我的朋友，劳驾了。

尤丽娅 好的。(下)

德雅金 教授夫人我无缘一睹风采，但我听说她不仅有内在的美，而且还有外在的美。

奥尔洛夫斯基 是的，她是个奇妙的夫人。

日尔屠欣 她忠于自己的教授吗？

沃依尼茨基 可惜，忠实于他。

日尔屠欣　为什么可惜？

沃依尼茨基　因为这种忠实是彻头彻尾的虚假。在这种忠实里，有很多的矫情，却没有半点逻辑。背叛令你厌恶的丈夫老头——这是不道德的；竭力扼杀自己的青春和天然的情感——反倒不是不道德的。见鬼了，这里的逻辑何在？

德雅金　（哭腔）舒尔仁卡，我不赞成你刚才说的话。事情明摆着的……我甚至在浑身发抖……先生们，我没有口才，说不出漂亮的话来，但请允许我用平白的语言说几句心里话……先生，一个背叛自己的妻子或丈夫的人，是一个不忠诚的人，他也可能背叛自己的祖国！

沃依尼茨基　住嘴！

德雅金　舒尔仁卡……伊凡·伊凡内奇，列涅契卡，我亲爱的朋友们，请你们关注一下我的多变的命运。这不是秘密，谁都知道，因为我其貌不扬，我的妻子在与我结婚的第二天就与自己的相好私奔了。

沃依尼茨基　她做得好。

德雅金　先生们，听我说！在这个变故之后，我也没有违背自己的职责。我到今天还爱她，还忠实于她，而且尽我所能地接济她。我立下遗嘱把自己的财产归她与情夫所生的孩子。我没有违背职责，我感到骄傲。我自豪！我没有得到幸福，但我却有了自豪。

而她呢？在自然法则的影响下，她的青春已经过去，她的美貌已经消失，她的情人也已经死去。她如今还有什么呢？（坐下）我严肃地跟你们说，而你们却笑。

奥尔洛夫斯基 你是个善良的人，你的心肠好，但你说得太多了，还挥动胳膊……

〔从屋子里走出费德尔·伊凡诺维奇，他身穿一件腰间打褶的细呢上衣，脚蹬一双高筒皮靴，胸间挂有勋章和一根粗重的带表坠的金链子，手指上戴着贵重的宝石戒指。

四

上一场的人物和费德尔·伊凡诺维奇。

费德尔·伊凡诺维奇 伙计们，你们好！
奥尔洛夫斯基 （快乐地）亲爱的费佳，我的儿子！
费德尔·伊凡诺维奇 （向日尔屠欣）祝你生日好……长成大人物……（向所有人问好）父亲！麻糕，你好！祝你们胃口好，面包和盐都在眼前。
日尔屠欣 你去哪儿逛了？到得这么迟可不好。
费德尔·伊凡诺维奇 天热！得喝点白酒。谢列勃里雅科夫一家人还没有来？

日尔屠欣 还没有来。

费德尔·伊凡诺维奇 嗯……那么尤丽娅在哪儿？

日尔屠欣 我不知道她上哪去了，该上蛋糕了。我去叫她。（下）

奥尔洛夫斯基 我们的列涅契卡，这位过生日的人，今天好像情绪不佳。脸阴沉沉的。

沃依尼茨基 是个畜生。

奥尔洛夫斯基 神经出问题了，没有办法……

沃依尼茨基 自尊心太强，所以神经才出问题。您试着当他的面说这个青鱼很好吃，他马上就会生气。为什么你们不夸夸他本人呢？算是个正派的蠢货。他来了。

〔日尔屠欣和尤丽娅上。

五

上一场的人物，日尔屠欣和尤丽娅。

尤丽娅 你好，费佳！（和费德尔·伊凡诺维奇接吻）吃吧，亲爱的。（向伊凡·伊凡诺维奇）教父，您看，我今天给列涅契卡送了件什么礼物！（展示表套）

奥尔洛夫斯基 我的杜辛卡，表套！什么玩意……

尤丽娅 一根金线就值八个半卢布。您看看它的边儿，珍珠，珍珠，珍珠……再看这几个字：列奥尼德·日尔屠欣。这是用丝线织的"我爱的人，我赠此物"……

德雅金 让我瞧瞧！真棒！

费德尔·伊凡诺维奇 你们算了吧！尤丽娅，最好上点香槟酒！

尤丽娅 费佳，这要到晚上！

费德尔·伊凡诺维奇 咦，还要等到晚上！现在就喝！不然我走。真的，我走，酒在哪里？我自己去拿。

尤丽娅 费佳，你总是把家里的东西弄得乱七八糟。（向瓦西里）瓦西里，给你钥匙！香槟酒在地窖里，放在角落里的筐子里的，在装葡萄干的口袋旁边。注意别打碎了什么东西！

费德尔·伊凡诺维奇 瓦西里，来三瓶！

尤丽娅 费佳，你将来不会是个好管家的……（给每个人蛋糕）先生们，吃吧，多吃点……午饭还早，要到六点……你不会有出息的，费佳……你是个不中用的人。

费德尔·伊凡诺维奇 咦，教训起人来了！

沃依尼茨基 大概有人来了……你们听到了吗？

日尔屠欣 是的……这是谢列勃里雅科夫他们……终于来了！

瓦西里　谢列勃里雅科夫先生到!

尤丽娅　（喊叫）索涅契卡!（跑出去）

沃依尼茨基　（唱咏叹调）各位去迎接,咱们去迎接……（下）

费德尔·伊凡诺维奇　瞧那个高兴样!

日尔屠欣　人怎么这样缺乏分寸!和教授夫人住在一起,又不能掩盖这个。

费德尔·伊凡诺维奇　谁?

日尔屠欣　舒尔仁,你不在的时候,他刚刚把教授夫人捧上了天,甚至有点不像话。

费德尔·伊凡诺维奇　你怎么知道他和她住在一起?

日尔屠欣　我又不是瞎子……全市的人都在议论这个……

费德尔·伊凡诺维奇　胡说。现在谁也不和她住在一起,而不久的将来我要去和她住……你明白吗?我!

六

上一场的人物,谢列勃里雅科夫、玛丽雅·瓦西里耶夫娜。沃依尼茨基手挽着叶莲娜·安德列耶夫娜、索尼娅和尤丽娅上场。

尤丽娅 （吻索尼娅）亲爱的！亲爱的！

奥尔洛夫斯基 （迎向前去）沙萨，你好，亲爱的，你好！（和教授接吻）身体好吗？感谢上帝！

谢列勃里雅科夫 你呢，老兄？你不错，好样的！很高兴见到你。早来了？

奥尔洛夫斯基 星期五来的。（向玛丽雅·瓦西里耶夫娜）玛丽雅·瓦西里耶夫娜！您生活得怎么样？（吻她的手）

玛丽雅·瓦西里耶夫娜 我亲爱的。（吻他的头）

索尼娅 教父！

奥尔洛夫斯基 索尼娅，我亲爱的，（吻索尼娅）我的宝贝……

索尼娅 面孔还是那么的善良、伤感和甜美……

奥尔洛夫斯基 你长大了，变漂亮了，变成熟了，我的宝贝……

索尼娅 哎，您的情况怎么样？身体好吗？

奥尔洛夫斯基 好极了！

索尼娅 好样的，教父！（向费德尔·伊凡诺维奇）唷，把最重要的人物忽略了。（和他接吻）晒黑了，长高了……像个大蜘蛛！

尤丽娅 亲爱的！

奥尔洛夫斯基 （向谢列勃里雅科夫）老兄，生活得怎么样？

谢列勃里雅科夫　平平常常……你怎么样？

奥尔洛夫斯基　我还有什么操心事？庄园给儿子了，把女儿嫁给了好人家，现在世界上没有比我更自由的人了。我就玩玩呗！

德雅金　（向谢列勃里雅科夫）阁下迟到了。蛋糕不那么热了。请允许我自我介绍：伊里亚·伊里依奇·德雅金，或者像有些人根据我麻脸的特征，非常机敏地给了个雅号：麻糕。

谢列勃里雅科夫　很高兴。

德雅金　夫人！小姐！（向叶莲娜·安德列耶夫娜和索尼娅鞠躬）这里都是我的朋友，阁下，我曾经有一份很大的家产，但由于家庭的原因，或者像文化界的说法，由于与编辑部无关的原因，我把我那部分家产送给了我的亲兄弟，他不幸地丢掉了七万卢布的公款。我的职业是开发自然资源。我向我的朋友林妖租了个磨坊，我强迫巨浪来转动磨坊的轮子。

沃依尼茨基　麻糕，住嘴！

德雅金　在那些点缀我们祖国地平线的科学巨子面前，我总是顶礼膜拜的。（鞠躬）请原谅我的冒昧，我盼望有机会拜访阁下，向您请教科学的最新成就，让我得到心灵的安慰。

谢列勃里雅科夫　欢迎。很高兴。

索尼娅　哎，教父，您说说，冬天您在哪儿过的？您到哪儿去了？

奥尔洛夫斯基 在格蒙登待过，在巴黎待过，在尼斯待过，在……

索尼娅 好！您是个幸福的人！

奥尔洛夫斯基 秋天跟我一起去！你愿意吗？

索尼娅 （唱）"没有必要别诱惑我……"

费德尔·伊凡诺维奇 吃饭的时候别唱歌，否则你丈夫的妻子要变傻的。

德雅金 现在来鸟瞰这个桌子是挺有趣的，多么漂亮的花束！是和谐、美丽、深刻文化的结合……

费德尔·伊凡诺维奇 多么漂亮的舌头！鬼知道是怎么回事！你说起话来，就像有个刨子在你背上移动……（笑）

奥尔洛夫斯基 （向索尼娅）你，我亲爱的，还没嫁人……

沃依尼茨基 请问，她能嫁给谁？洪堡已经死了，爱迪生在美国，拉萨尔也死了……前几天我在桌子上找到了她的日记瞧，是什么样的日记！我打开日记读到："不，我永远也不谈恋爱……爱情——这是我对于异性对象的自私的吸引……"五花八门，应有尽有！还有哲学上的先验论……呸！你这是从哪儿学来的？

索尼娅 舒尔仁舅舅，应该由别人而不是你来嘲笑我。

沃依尼茨基　你生气了？

索尼娅　如果你再多说一句，那么我们两个中有一个人得回家去，我或是你……

沃依尼茨基　是啊，瞧您这脾气，我给您添点菜……（向索尼娅）呶，给我手！（吻她的手）和平与和谐……我再也不说了。

七

上一场的人物和赫鲁舒夫。

赫鲁舒夫　（走进屋子）我为什么不是个画家？多么好的群像！

奥尔洛夫斯基　（高兴地）米沙！

赫鲁舒夫　生日好！尤丽娅，你好，你今天真漂亮！教父！（和奥尔洛夫斯基亲吻）索菲娅·亚历山德洛夫娜……（向所有人问好）

日尔屠欣　呶！怎么来得这么晚？你在哪？

赫鲁舒夫　在病人那儿。

尤丽娅　蛋糕早凉了。

赫鲁舒夫　没有关系，尤丽娅，我吃凉的。我坐在哪？

索尼娅　坐这边来……（让赫鲁舒夫坐在旁边）

赫鲁舒夫　今天天气真好,我的胃口也特好……等一等,我要喝酒……(喝酒)生日好!我吃蛋糕……尤丽娅,吻吻这块蛋糕,这会更好吃……

尤丽娅　(吻蛋糕)谢谢,教父生活得怎么样?很久没有见到您啦。

奥尔洛夫斯基　是的,好久没有见了。我出了趟国。

赫鲁舒夫　听说了,听说了……真羡慕您,费德尔,你的生活怎么样?

费德尔·伊凡诺维奇　还好,您的祈祷,可以像柱子一样让我们依靠……

赫鲁舒夫　你的工作呢?

费德尔·伊凡诺维奇　倒不必诉苦,活着。只是,我的兄弟,老外出。挺烦人的。从这儿到高加索,从高加索到这儿,然后又从这儿到高加索——没完没了,疲于奔命。要知道,我那边有两处庄园!

赫鲁舒夫　我知道。

费德尔·伊凡诺维奇　我在经营殖民地,捕捉毒蜘蛛和蝎子,事情总的来说还算不错,但有关"心中的激情"方面,还是老样子。

赫鲁舒夫　当然,也爱着什么人?

费德尔·伊凡诺维奇　林妖,为了这个应该喝酒。(喝)先生们,永远不要去爱结了婚的女人!真的,宁可肩部受伤,腿部穿孔,像你的忠实的仆人一样,也要比爱结了婚的女人强……我多么不幸，简直……

索尼娅 没有希望?

费德尔·伊凡诺维奇 得了吧！没有希望……在这个世界上，不存在没有希望的；没有希望、不幸的爱情，啊嘿，这全都是瞎说，只要你想要……我想要我的枪别打不响，它就一定不卡壳。我想要女士爱我，她就会爱我。索尼娅，就是这样。如果我看中了哪个女人，那她跳出我的手心就会比跳到月亮上去还难。

索尼娅 不过，你是个多么可怕的人！

费德尔·伊凡诺维奇 从我这儿跑不掉！跑不掉！我跟她没有说上三句话，但她已经在我手心里……是的……我只是对她说："夫人，每当您看着窗外的时候，就应该想起我，我要这样……"这就是说，她每天要想我一千次。除此之外，我每天用书信向她轰炸。

叶莲娜·安德列耶夫娜 书信，这是最不可能的方法。女人接到了信但可以不读。

费德尔·伊凡诺维奇 您这么想? 嗯……我已经在这世上活了三十五年，我还没有见过一个有勇气不拆信的神奇女人。

奥尔洛夫斯基 (欣赏着儿子)怎么样? 我的儿子，美男子！要知道我年轻时也是这样。完全一样！只是没有打过仗，而喝酒，花钱如流水——可怕的事情！

费德尔·伊凡诺维奇　米沙，我爱她，真爱她……她只要愿意，我可以给她一切……我可以把她带到高加索去，住到山里去，我们的日子会过得甜甜蜜蜜……叶莲娜·安德列耶夫娜，我可以像一只忠实的小狗那样地保护她，她对于我来说，就如同我们的首席贵族所唱的那样："我忠实的朋友，你将是世界的女王。"哎嘿，她不知道自己的幸福！

赫鲁舒夫　这位幸福的女士是谁？

费德尔·伊凡诺维奇　知道得太多，就老得快呀……好了，不说这个了，现在说另一个话题，记得十年前，列奥尼德还是个中学生，我们也在这一天聚会庆祝过，从这儿回家坐在马车上，右边坐着索尼娅，左边坐着尤丽娅，她们两个都拉着我的胡子，先生们，让我们为我的年轻时代的朋友——索尼娅和尤丽娅干杯！

德雅金　（笑）这太好了！这太好了！

费德尔·伊凡诺维奇　战争之后，有一次我和一个土耳其军官一起在特拉宾桑喝酒……他问我……

德雅金　（打断费德尔·伊凡诺维奇的话）先生们，让我们为友谊干杯！友谊万岁！

费德尔·伊凡诺维奇　打住，打住，打住！索尼娅，请注意！我打赌，我在这桌子上放三百卢布！早饭过后去玩门球。我打赌，我能一次通过所有的球门并打个来回。

索尼娅 我和你打赌,不过我没有三百卢布。

费德尔·伊凡诺维奇 如果你输,给我唱四十首歌。

索尼娅 我同意。

德雅金 这太好了!这太好了!

叶莲娜·安德列耶夫娜 (看着天空)这是一只什么鸟在飞?

日尔屠欣 这是苍鹰。

费德尔·伊凡诺维奇 先生们,为苍鹰干杯!

〔索尼娅哈哈大笑。

奥尔洛夫斯基 咦,吃了笑药啦!你怎么啦?

〔赫鲁舒夫咯咯大笑。

奥尔洛夫斯基 你是怎么啦?

玛丽雅·瓦西里耶夫娜 索丽娅,这样不体面!

赫鲁舒夫 唷嘿,罪过,先生们,我马上停止,马上……

奥尔洛夫斯基 这叫傻笑。

沃依尼茨基 他们两人只需要用手指一指,马上就笑,索尼娅!(指一个手指)咦,就这样……

赫鲁舒夫 算了!(看表)咦,吃也吃了,喝也喝了,要懂规矩,该走了。

索尼娅 这是上哪去?

赫鲁舒夫 去看病人,我的医生的职业让我烦透了,就像没有爱情的老婆,就像没有尽头的冬天……

谢列勃里雅科夫 不过，要知道医生是您的职业，是工作……

沃依尼茨基 （嘲讽地）他还有另外一个职业，他在自己的土地上挖泥煤。

谢列勃里雅科夫 什么？

沃依尼茨基 泥煤，有个工程师清清楚楚地计算过，在他的土地下藏着七十二万吨泥煤。这不是闹着玩的。

赫鲁舒夫 我挖煤不是为了钱。

沃依尼茨基 那为了什么挖它？

赫鲁舒夫 为了你们再也不砍森林。

沃依尼茨基 为什么不能砍森林？如果听了您的，这森林的存在仅仅是为了供小伙子和姑娘到那里面去呼朋引友的。

赫鲁舒夫 我从来没有这样说过。

沃依尼茨基 到今天为止，所有我从您那儿听到的保护森林的言辞，都是陈旧的、轻率的和偏激的，请您原谅。我不是毫无根据地做判断，我几乎能背出您所有的，对于森林的辩护词……（抬高声调，配以手势，像是在摹仿赫鲁舒夫）你们，噢，人们，你们在毁灭森林，而森林可以美化大地，森林可以教会人懂得什么是美，在他心中唤起神圣的情感，森林可以使严酷的气候变得温和，在气候温和的国家，跟自然作斗争不太费力，因此那里的人的性格也更温和，更可爱。在那里，人长得漂亮、灵巧、反应敏捷，他们的谈吐很优雅。他们的动作很协调。他们的科学和艺术很繁荣，他们的哲学不阴暗，他们对待妇女的态度充满着关怀，诸如此类，不一而足……这一切都很可爱，但一点都不可信，所以请允许我继续用劈柴生炉子，用树木盖板棚。

赫鲁舒夫　出于需要的伐木是可以的，但该是停止毁灭森林的时候了。所有的俄罗斯森林在斧头下呻吟，几十亿树木遭到毁灭，野兽和鸟类也要失去栖身之地，河流在涸竭，美丽的风景将永远消失，而这全因为懒惰的人不肯弯一弯腰，从地底下掘取燃料，只有丧失理智的野人，（用手指指树木）才会在自己的火炉里把这美丽烧掉，才会去毁灭我们无法再造的东西。人是富于理智和创造力的，理应去增加他们需要的财富，然而，到现在为止，人没有去创造，反而去破坏。森林越来越少，河流涸竭，野兽绝迹，气候恶化，土地一天天地变得贫瘠和难看。您现在用嘲讽的眼神看着我，我所说的一切在您看来是很陈旧的，没有意义的，但当我走在那些被我从伐木的斧头下救出的农村的森林，或者当我听到由我亲手栽种的树林发出美妙的音响的时候，我便意识到，气候似乎也受到我的支配了，而如果一千年之后人们将幸福，那么在这幸福中也有我一份微小的贡献。

当我栽下一棵白桦树，然后看到它怎样地慢慢变绿，怎样地在风中摆动，我的心就充满着自豪，因为我意识到，我是在帮助上帝创造世界。

费德尔·伊凡诺维奇 （打断赫鲁舒夫的话）林妖，为你的健康干杯！

沃依尼茨基 这一切都很好，但如果我们看问题不是从通俗文学的角度，而是从科学的角度，那么……

索尼娅 舒尔仁舅舅，你的舌头长锈了，住嘴！

赫鲁舒夫 真的，叶戈尔·彼特洛维奇，我们不再说这个了，我求您了。

沃依尼茨基 随你便。

玛丽雅·瓦西里耶夫娜 啊，嘿！

索尼娅 外婆您怎么啦？

玛丽雅·瓦西里耶夫娜 （向谢列勃里雅科夫）亚历山大，我忘了告诉您了……记性太坏了……今天我收到了帕甫尔·阿历克谢耶维奇从哈尔科夫寄来的信……他向您致敬……

谢列勃里雅科夫 谢谢，很高兴。

玛丽雅·瓦西里耶夫娜 他寄来了一本新的小册子，请我给您看。

谢列勃里雅科夫 有趣吗？

玛丽雅·瓦西里耶夫娜 有趣，但有点奇怪。他驳斥了他七年前自己卫护的主张，这在我们这个时代是非常非常典型的，人从来没有像在今天那么轻率地改变自己的信仰，这太可怕了！

沃依尼茨基　这一点也不可怕，妈妈，喝您的茶。

玛丽雅·瓦西里耶夫娜　但我想说话！

沃依尼茨基　但我们关于流派和阵营已经说了五十年。该打住了。

玛丽雅·瓦西里耶夫娜　你为什么不高兴听我说话？请原谅，舒尔仁，但这一年来你变化得这么大，我完全认不清你了……你从前可是个有理想的人，是一个闪光的人……

沃依尼茨基　嗯！是的！我曾经是个闪光的人，但没有给任何人带来过一线光明，请允许我站起身来，我曾经是个闪光的人……再没有比这更恶毒的玩笑了！我今年四十七岁，直到去年之前，我像您一样，故意地力图用各种抽象的哲学和烦琐哲学蒙住自己的眼睛，看不到真正的生活，心里还以为做得不错……而现在，如果您能知道，我真觉得自己是个大傻瓜，我那么愚蠢地浪费了大好时光，不然的话，我现在上了年纪无法得到的东西早就享受到了！

谢列勃里雅科夫　等一等。你，舒尔仁，好像是在指责自己过去的信仰。但有错的不是信仰而是你自己。你忘记了，信仰本身是空洞的。需要的是行动。

沃依尼茨基　行动？不是每个人都能成为一台永远转动

的书写机器的。

谢列勃里雅科夫 你这话什么意思?

沃依尼茨基 没有什么意思。咱们不说这个了。我们现在不是在自己家里。

玛丽雅·瓦西里耶夫娜 记性太坏了……亚历山大,我忘了提醒您早饭之前服药了。药倒带来了,但忘了提醒。

谢列勃里雅科夫 不必要。

玛丽雅·瓦西里耶夫娜 亚历山大,要知道您有病,您病得很重!

谢列勃里雅科夫 为什么一个劲儿地说这个?老了,有病,老了,有病……就听这个!(向日尔屠欣)列奥尼德·斯捷潘内奇,请让我回房间吧。这里有点热,还有蚊子咬。

日尔屠欣 请便。早饭结束了。

谢列勃里雅科夫 谢谢您。(进屋)

〔玛丽雅·瓦西里耶夫娜跟着进屋。

尤丽娅 (向日尔屠欣)跟教授进屋!不合适!

日尔屠欣 (向尤丽娅)让他见鬼去吧!(离去)

德雅金 (向尤丽娅·斯捷潘诺夫娜)请允许我向您表示衷心的感谢。(吻她的手)

尤丽娅 不必客气,伊里亚·伊里依奇,您吃得很少……

〔众人向尤丽娅表示谢意。

尤丽娅 不必客气,先生们!你们吃得都很少!

费德尔·伊凡诺维奇 先生们,现在我们干什么?现在我们去玩门球并打赌……然后呢?

尤丽娅 然后吃午饭。

费德尔·伊凡诺维奇 然后呢?

赫鲁舒夫 然后到我那儿去。晚上我在湖畔组织一次垂钓活动。

费德尔·伊凡诺维奇 真好!

德雅金 这真好。

索尼娅 先生们……这么说,现在我们去打门球……然后早一点在尤丽娅这里吃午饭,到七点钟的时候再去林妖……不,是去米哈依尔·列沃维奇家。很好,咱们走,尤丽娅,去拿球去。

〔尤丽娅进屋。

费德尔·伊凡诺维奇 瓦西里,把葡萄酒送到门球场去!我们要为球赛的优胜者干杯。哎,爸爸,咱们去玩这高尚的游戏。

奥尔洛夫斯基 等一等,孩子,我得跟教授坐上五分钟,否则不礼貌。需要遵守礼节。你先替我玩一会儿,我很快就来……(进屋)

德雅金 我现在去洗耳恭听大学问家亚历山大·弗拉基米洛维奇的高论,预先感受那最高的精神享受……

沃依尼茨基 麻糕,你招人讨厌。你走吧。

费德尔·伊凡诺维奇　（走向花园，唱歌）我忠实的朋友，你将是世界的女王……（下）

赫鲁舒夫　我现在也得溜走。（向沃依尼茨基）叶戈尔·彼特洛维奇，我请求您，以后再也别跟我谈论森林和医学。不知为什么，每当您说起这个话题，过后我就一整天心里不自在，好像我在一个不干净的盘子里吃了饭。再会了。（下）

八

叶莲娜·安德列耶夫娜和沃依尼茨基。

沃依尼茨基　狭隘的人。讲点蠢话倒无所谓，但我不喜欢人们拿腔拿调地说。

叶莲娜·安德列耶夫娜　而您，舒尔仁，又不成体统了！有必要跟玛丽雅·瓦西里耶夫娜和亚历山大争吵吗？有必要说"永动的书写机器"吗？这多不好！

沃依尼茨基　但如果我憎恶他呢？

叶莲娜·安德列耶夫娜　没有必要憎恨亚历山大，他和大家一样……

〔索尼娅和尤丽娅走过，他们拿着球和球棒去花园。

沃依尼茨基　如果您能看到自己的面孔，自己的举止……您生活得多么懒散！哎嘿，多么的懒散！

叶莲娜·安德列耶夫娜　哎嘿，又是懒散，又是无聊！

　　〔静场。

叶莲娜·安德列耶夫娜　所有人都当着我的面骂我的丈夫，毫不顾忌我的在场，所有人都可怜我：她有一个年老的丈夫，她是不幸的女人！所有人，甚至很善良的人，也希望我离开亚历山大……这种对于我的怜悯，所有这些怜悯的眼神和遗憾的叹息都是指向这一点。就像刚才林妖说的，你们都在丧失理智地毁坏森林，很快大地将变成荒漠。你们同样地在丧失理智地毁坏人，由于你们的过失，大地上将不再存在忠诚、纯洁和自我牺牲的精神。为什么你们不能坦然地看待一个并不属于你们的女人？因为真像这个林妖所说的，在你们身上都有一种破坏的本能，对于森林，对于鸟类，对于女人，对于你们的同类，你们都没有怜悯之心。

沃依尼茨基　我不爱听这种高谈阔论！

叶莲娜·安德列耶夫娜　告诉这个费德尔·伊凡内奇，我讨厌他的厚颜无耻，这令人反感，看着我的眼睛，当着大家的面，说自己爱上某个有夫之妇——真滑稽！

　　〔花园里传出"好球！好球！"的声音。

叶莲娜·安德列耶夫娜　不过这个林妖很可爱！他常来我们家，因为我有点羞愧，所以一次也没有好好跟他说过话，给他一点安慰。他一定以为我是个很凶的、很高傲的女人，舒尔仁，我们之所以成为好朋友，也许是因为我们都是非常沉闷的、乏味的人！沉闷的人！别这样看我，我不喜欢这样。

沃依尼茨基　如果我爱您，我难道不能用另一种眼光来看您？您是我的幸福，我的生命，我的青春！我知道我获取您同样的感情的可能性很小，等于零，我也没有这样的奢望，只是请允许我能看着您，听到您的声音……

九

上一场的人物和谢列勃里雅科夫。

谢列勃里雅科夫　（在窗口）叶莲娜，你在哪？
叶莲娜·安德列耶夫娜　在这里。
谢列勃里雅科夫　来和我们一起坐坐，亲爱的……（在窗口消失）

　　〔叶莲娜·安德列耶夫娜走向屋子。

沃依尼茨基　（跟在叶莲娜·安德列耶夫娜后边）请允许

我倾诉自己的爱情,请您别把我赶走,对于我来说,这是最大的幸福。

——幕落

第二幕

谢列勃里雅科夫家的餐厅,摆放着家具,屋子中间有张餐桌,夜里一点多钟,听到有巡夜人在花园里打更。

一

谢列勃里雅科夫坐在敞开的窗前的一把转椅上,他在打盹,叶莲娜·安德列耶夫娜坐在他旁边,也在打盹。

谢列勃里雅科夫 (醒来)谁在这里?是索尼娅?
叶莲娜·安德列耶夫娜 是我……
谢列勃里雅科夫 是你,叶莲娜……痛得要命!
叶莲娜·安德列耶夫娜 你的毯子掉下来了……(把谢列勃里雅科夫的腿重新用毯子盖上)亚历山大,我来把窗子关上。

谢列勃里雅科夫　不要,我闷得慌,我刚刚睡着了,梦见我的一条左腿是别人的,我是疼醒的。不,这不是痛风,这是关节炎。现在几点?

叶莲娜·安德列耶夫娜　一点二十分。

　　[静场。

谢列勃里雅科夫　早晨你去找找巴丘什可夫的书,记得我们家里有他的书……但为什么我呼吸这么困难?

叶莲娜·安德列耶夫娜　你累了。两个晚上都失眠。

谢列勃里雅科夫　听说,当年屠格涅夫因为痛风病而发展成心绞痛,我担心我也会这样,讨厌的年老体弱。讨厌极了,我年纪大了,连自己都讨厌自己,你们所有人,大概也都讨厌我。

叶莲娜·安德列耶夫娜　真没有意思!(坐得离谢列勃里雅科夫远一点)

谢列勃里雅科夫　当然,你有道理,我还没有糊涂,我理解,你年轻、健康、漂亮,你想享受生活,而我一个老头,快要进坟墓了,怎么的?难道我不明白?当然,很愚蠢的是,我现在还活着,但你们可以稍稍耐心一些,我很快就会把你们全都解放的,我活不了几天了。

叶莲娜·安德列耶夫娜　我受不了啦,沙萨,如果因为这些失眠之夜，我理应获得奖赏，那么我只请求一点，别说了！看在上帝分上，别说了，其他我一无所求。

谢列勃里雅科夫 好像是因为我，你们都受不了啦，烦闷死啦，青春被毁灭啦，独有我一个人享受着生活而且心满意足，当然是这样！

叶莲娜·安德列耶夫娜 别说了！你在折磨我！

谢列勃里雅科夫 我折磨了所有人，当然是这样！

叶莲娜·安德列耶夫娜 （含着眼泪）我忍受不了啦！你需要什么，你倒是说啊！

谢列勃里雅科夫 什么也不需要。

叶莲娜·安德列耶夫娜 那么别说了，我请求你了。

谢列勃里雅科夫 真是奇怪，要是舒尔仁或是那位老神经病——玛丽雅·瓦西里耶夫娜发表议论，全都好好听着，而只要我一开口说话，那么全都愁眉苦脸了，甚至我的说话声音也讨厌，好了，就算我是个让人讨厌的人，我自私，我专横，但难道我甚至到了老年的时候还没有表现一点自私的权利吗？难道我没有这个权利？我的生活曾是很艰苦的。我和伊凡·伊凡内奇曾是大学同学。你去问问他。他吃喝玩乐，常去找茨冈女人，是给我物质帮助的恩人，而我那时候在租金低廉的脏屋子里，日日夜夜劳作，像一头牛，忍饥挨饿，也为靠别人救济而苦恼。后来我到了海德堡，但没有见到海德堡；到了巴黎，但没有见过巴黎。成天坐在四堵墙里工作，而谋得了教席之后，我一生都为科学服务，真可谓忠心耿耿，直到现在，我要问，做了这一切之后，难道我没有安享晚年的权利？没有得到大家的关心的权利？

叶莲娜·安德列耶夫娜 谁也不会剥夺你的这些权利。

〔风吹得窗子发出声响。

叶莲娜·安德列耶夫娜 起风了，我去把窗子关上。（关窗）马上就要下雨。谁也不会剥夺你的这些权利。

〔静场。巡夜人在花园里打更唱歌。

谢列勃里雅科夫 我一生都为科学服务，我对自己的书房，自己的课堂，自己的那些可敬的同事，都已经习惯了，突然间不知为什么我来到了这个鬼地方，每天都要见到一些没有教养的人，听到一些不文明的言语。我要生活，我喜欢成功，我喜欢名声、喝彩，而这里简直像是在过流放生活。我无时无刻不在追怀过去，注视别人的成功，害怕死亡……我受不了啦！而且还有人因为我的年老而不肯体谅我！

叶莲娜·安德列耶夫娜 忍耐一下，再过五六年，我也老了。

〔索尼娅上。

二

上一场的人物和索尼娅。

索尼娅 我不知道医生为什么这么久还不来,我对斯捷潘说要是他碰不到乡村医生,就去找林妖。

谢列勃里雅科夫 你的林妖对我有什么用?他的医学知识就相当于我的天文知识。

索尼娅 为了治你的痛风病,他不可能把整整一个医学系都请到这里来。

谢列勃里雅科夫 我不想和这个不学无术的人打交道。

索尼娅 随你便。(坐下)我无所谓。

谢列勃里雅科夫 现在几点了?

叶莲娜·安德列耶夫娜 一点多钟。

谢列勃里雅科夫 好闷哪……索尼娅,把桌上那瓶药给我拿来!

索尼娅 马上拿给你。(给谢列勃里雅科夫药水)

谢列勃里雅科夫 (生气)哎嘿,不是这个!什么事都求不了你们!

索尼娅 请你别耍性子。也许有人喜欢,但我受不了!我不喜欢这个。

谢列勃里雅科夫 这个姑娘的脾气真不好。你生什么气?

索尼娅 你为什么用这种不幸的腔调说话?有人会以为你当真是个不幸的人。而在地球上像你这么幸福的人不多。

谢列勃里雅科夫 当然喽!我非常非常幸福!

索尼娅 当然,很幸福……而如果犯了痛风病,你也知道,到了早晨病情就会缓解。你嚷嚷个什么?有这么严重!

　　[沃依尼茨基穿着睡衣、拿着蜡烛上。

三

　　上一场的人物和沃依尼茨基。

沃依尼茨基 快来暴风雨了。

　　[闪电。

沃依尼茨基 瞧!叶莲娜·安德列耶夫娜,你们睡觉去吧,我来替换你们。

谢列勃里雅科夫 (恐惧地)不,不!别让我单独地跟他在一起!不!他的谈话会把我折磨苦的!

沃依尼茨基 但应该让她们休息一下!她们已经有两个晚上没有睡好觉了。

谢列勃里雅科夫 让她们去睡觉好了,但你也离开这里。

我求求你了。看在我俩过去的交情上,你别固执。以后我们再谈。

沃依尼茨基 我们过去的交情……这,我要承认,对我来说是新闻。

叶莲娜·安德列耶夫娜 舒尔仁,你别说了。

谢列勃里雅科夫 亲爱的,别让我单独跟他在一起!他的谈话会把我折磨苦的。

沃依尼茨基 这甚至有点可笑。

〔赫鲁舒夫在幕后的声音:"他的餐厅?在这里?劳驾,让人把我的马安顿好!"

沃依尼茨基 医生来了。

〔赫鲁舒夫上。

四

上一场的人物和赫鲁舒夫。

赫鲁舒夫 这是什么天气?雨赶着我,我好容易躲开了它。你们好。

谢列勃里雅科夫 对不起,打扰您了。我并不想麻烦您的。

赫鲁舒夫 算了,没有什么大不了的事!亚历山大·弗拉基米洛维奇,您是怎么搞的?您怎么好意思生病?这可不好!您怎么啦?

谢列勃里雅科夫 为什么医生都用这种居高临下的语调说话?

赫鲁舒夫 (笑)您的观察力一般。(亲切地)咱们到床上去。在这躺着您会不舒服,在床上既温暖又安稳,咱们走……我在那儿仔细听听……一切都会好的。

叶莲娜·安德列耶夫娜 沙萨,听话,走。

赫鲁舒夫 如果您走路腿疼,我们抬您走。

谢列勃里雅科夫 没有关系,我能行……我走……(站起)总是时时打扰您。

〔赫鲁舒夫和索尼娅扶着谢列勃里雅科夫的手。

谢列勃里雅科夫 再说我也不大相信……药。你们扶着我干吗?我自己能行。(与赫鲁舒夫和索尼娅一起下)

五

叶莲娜·安德列耶夫娜和沃依尼茨基。

叶莲娜·安德列耶夫娜 他把我折磨苦了,我都快支持不住了。

沃依尼茨基 他折磨您，而我呢，自己折磨自己，我已经第三个晚上不能入眠了。

叶莲娜·安德列耶夫娜 这所房子不安宁。您的母亲除了自己的小册子和教授之外，憎恶其他的一切，她不信任我，她害怕您；索尼娅恨她爸爸，也不跟我说话；您憎恨我丈夫，公开地对自己的母亲表示不敬。而我也难过得控制不了自己啦，今天我自己已经哭了二十次。一句话，这是一场所有人反对所有人的战争，请问，这场战争有什么意义，它会产生什么后果？

沃依尼茨基 何必说得这么严重！

叶莲娜·安德列耶夫娜 这所房子不安宁，您，舒尔仁，是个有文化有智慧的人，大概您应该明白，世界不是毁于大火，不是毁于强盗之手，而是毁于人与人之间的憎恶和仇恨，毁于这一切渺小的纷争，那些把我们的家庭看成是知识分子之家的人，看不到这一点。请帮助我让大家和睦相处吧！我一个人无能为力。

沃依尼茨基 那您先把您自己和我和睦起来！我亲爱的……（吻她的手）

叶莲娜·安德列耶夫娜 别！（抽出手来）走开！

沃依尼茨基 马上就要来一场大雨，大自然里的一切都会精神抖擞起来，呼吸也变得更轻快，但只有我一个人，是不会被这场雷雨抖擞起精神来的。无论是白天，还是黑夜，有一个想法，就像一个小鬼压迫着我，我的生活无可挽回地丧失了，我没有过去，我的过去愚蠢地耗费在区区小事上，而我的现在又荒唐得可怕，这就是我的生命，我的爱情。我拿它们怎么办？我该如何对待它们？我的感情白白地消失了，就像一道阳光消失在坑里一样，我要完蛋啦……

叶莲娜·安德列耶夫娜 当您跟我说起爱情，我一下子变傻了，不知道说什么好，请原谅，我不能对您说什么。(欲走)晚安!

沃依尼茨基 (拦住叶莲娜·安德列耶夫娜的去路)要是您知道，在同一所房子里，在我的身边，另一个生命——您的生命，也在毁灭着。这个想法是多么使我痛苦! 您在期待什么? 是哪一种可恶的哲学在妨碍着您? 您要明白，最高的道德不是给自己的青春戴上镣铐，和尽力在自己心中扑灭生活的热望……

叶莲娜·安德列耶夫娜 (凝视着沃依尼茨基)舒尔仁，您醉了!

沃依尼茨基 可能，可能……

叶莲娜·安德列耶夫娜 费德尔·伊凡诺维奇在您那儿?

沃依尼茨基 他在我房里睡觉，可能，可能，一切都有可能。

叶莲娜·安德列耶夫娜 你们今天纵饮作乐了？为什么？

沃依尼茨基 总要有点过日子的样子……叶莲娜，别妨碍我。

叶莲娜·安德列耶夫娜 以前您从不喝酒，也从不这样滔滔不绝地说话，去睡吧！我和您在一起挺乏味的，告诉您的朋友费德尔·伊凡诺维奇，如果他继续让我讨厌，我会采取措施的，您走吧！

沃依尼茨基 （吻叶莲娜·安德列耶夫娜的手）我亲爱的……美丽的人儿！

［赫鲁舒夫上。

六

上一场的人物和赫鲁舒夫。

赫鲁舒夫 叶莲娜·安德列耶夫娜，亚历山大·弗拉基米洛维奇请您去。

叶莲娜·安德列耶夫娜 （挣脱出手来）马上去！（下）

赫鲁舒夫 （向沃依尼茨基）您没有神圣的东西！您和刚刚走出去的这位可爱的夫人应该想到，她的丈夫曾经是您的亲姐姐的丈夫,而且还有一个年轻的姑娘,跟你们住在一个屋檐下,全县的人都在议论你们的暧昧关系。多么不知羞耻!(去看病人)

沃依尼茨基 (独自一人)她走啦……

　　[静场。

沃依尼茨基 十年前,我在死去的姐姐那儿见过她,她那时二十七岁,而我三十七岁,我为什么那时候没有爱上她,没有向她求爱呢?要知道这是很可能的啊,要不她现在就是我的妻子了……一定的……现在我们两人就会一起被这雷雨惊醒,她会害怕雷电,我会把她抱在怀里,轻声说:"别怕,我在这儿。"嘿!多美妙的想法。想想我都要笑起来……但,我的上帝,我的头脑糊涂了……我为什么老了?她为什么不能理解我?她的言辞,她的懒散,她的关于世界末日的那些没有道理的想法,都让我气愤……

　　[静场。

沃依尼茨基 我为什么生来就傻?我多么羡慕这个爱玩闹的费德尔,或这个粗鲁的林妖!他们不做作,很真诚,有点粗鲁……他们不知道这种讨厌的吞吞吐吐……

　　[费德尔·伊凡诺维奇上,他裹着毛毯。

七

沃依尼茨基和费德尔·伊凡诺维奇。

费德尔·伊凡诺维奇 （在门口）您一个人在这里？没有女人？（进来）雷雨把我惊醒了，雨很大。现在几点钟？

沃依尼茨基 鬼知道！

费德尔·伊凡诺维奇 我好像听到了叶莲娜·安德列耶夫娜的声音。

沃依尼茨基 她刚才在这里。

费德尔·伊凡诺维奇 一个富贵的女人！（端详桌上的玻璃瓶）这是什么？薄荷药？（吃）是啊！一个富贵的女人……教授病了？

沃依尼茨基 病了。

费德尔·伊凡诺维奇 我不理解这样的存在，听说，古希腊人把有病体弱的小孩从勃朗峰上推到山谷下。像这样的就该这么处理！

沃依尼茨基 （生气地）不是从勃朗峰，而是从塔尔佩斯克山岩，多么无知！

费德尔·伊凡诺维奇 啖，从山岩就从山岩……这有什么了不起？你今天怎么这样伤心？怜悯教授吗？

沃依尼茨基 别纠缠我。

[静场。

费德尔·伊凡诺维奇 也许是爱上了教授夫人了?

沃依尼茨基 她是我朋友。

费德尔·伊凡诺维奇 已经?

沃依尼茨基 "已经"是什么意思?

费德尔·伊凡诺维奇 女人成为男人的朋友必须经过以下几个阶段,先是熟人,然后是情妇,再后来才是朋友。

沃依尼茨基 庸俗哲学!

费德尔·伊凡诺维奇 为了这个得喝点酒,走,我好像还有一瓶甜酒,咱们喝。天一亮,就到我家去,"兴"吗?我有个伙计叫卢卡,他永远不说"行",而是说"兴"。他是个可怕的骗子……那么"兴"吗?(见到进来的索尼娅)我的天,请原谅,我没有系领带。(匆匆下)

八

沃依尼茨基和索尼娅。

索尼娅 而你,舒尔仁舅舅,你又和费德尔一起喝酒了,还坐了三驾马车玩耍,一对志同道合的朋友。但他本来就是个酒鬼,而你犯得着吗?这和你这把年纪不相称。

沃依尼茨基 年纪在这里没有意义,没有了真正的生活,人就只好生活在幻梦中,这总比什么也没有强。

索尼娅 干草我们都收割下来了,格拉西姆今天说,干草都要被雨水泡烂了,而你还在做梦,(一惊)舅舅你眼睛里有眼泪!

沃依尼茨基 什么眼泪,什么也没有……胡说……你现在看着我,神情像你死去的妈妈一样。我亲爱的……(贪婪地吻着索尼娅的手和面孔)我的姐姐……我可爱的姐姐……你在哪里?如果你能知道,哎嘿,如果你能知道!

索尼娅 什么?舅舅,知道什么?

沃依尼茨基 很痛苦,不好受……没什么……

〔赫鲁舒夫上。

沃依尼茨基 过去了……没什么……我就走……(离去)

九

索尼娅和赫鲁舒夫。

赫鲁舒夫 您父亲完全不想听我说的话。我对他说他得的是痛风，而他说是关节炎；我请他卧床，他要坐着。（拿起帽子）神经病。

索尼娅 他被惯坏了。放下您的帽子，等雨停了再走。想吃点什么吗？

赫鲁舒夫 好吧，拿来吧。

索尼娅 我喜欢在晚上吃点东西。在碗柜里好像还有点什么吃的……（在碗柜里找）他难道需要医生？他是需要在他旁边坐上一打女人，让女人们瞧着他的眼睛，说："教授！"吃点干酪吧……

赫鲁舒夫 不能用这种腔调说自己的父亲，我同意。他是一个性格不好的人，但如果把他和别的人比较，那么所有这些舒尔仁舅舅和伊凡·伊凡内奇都比不上他一个小拇指。

索尼娅 这不知是一瓶什么酒。我和您说的不是父亲，而是大人物。父亲我喜欢，但我讨厌那些虚情假意的大人物。

　　［两人坐下。

索尼娅 这雨下的！

　　［闪电。

索尼娅 您瞧！

赫鲁舒夫 雷雨从旁边过去了，这里只擦到了它的边。

索尼娅 （倒酒）喝吧。

赫鲁舒夫 祝您活到一百岁。（喝）

索尼娅 因为他们晚上麻烦了您,您生我的气?

赫鲁舒夫 恰好相反,如果您不来请我,那么我可能现在还在睡觉,而醒着看见您要远比在梦中见到您愉快。

索尼娅 那您为什么在面孔上有生气的表情?

赫鲁舒夫 这是因为我生气,这里没有旁人,可以把话说开,索菲娅·亚历山德洛夫娜,我真想现在把您从这里带走,我不能呼吸你们家的空气,我以为,连空气也在毒害着您,您的父亲就关心自己的书和自己的痛风病,还有这个舒尔仁舅舅,还有您的继母……

索尼娅 继母怎么啦?

赫鲁舒夫 不能把什么都说了……不能!我的仙女,我对人有很多不理解的地方,人身上的一切都应该是美丽的,无论是面孔,还是衣裳,还是心灵,还是思想……我常常能看到美丽的面孔,和同样美丽的衣裳,我为这美丽高兴得头晕目眩,但心灵和思想呢——我的上帝!在美丽的外壳下有时隐藏着如此黑暗的心灵,是任何白色的涂料都抹不掉的……请原谅我,很激动……要知道您对于我来说是多么珍贵……

索尼娅 (掉了刀)掉了……

赫鲁舒夫 (捡起)没有关系……

〔静场。

赫鲁舒夫　常有这样的事，当一个人深夜走在树林子里，如果在那个时候看到了远处的灯火，那么他就不会感觉到疲乏，也不会顾及黑暗，甚至感觉不到扫到你面孔上的树枝。我从早工作到深夜，无论是冬天还是夏天，都不知道休息，我与不理解我的人搏斗，有时痛苦得无法忍受……好了，现在我终于找到了我的灯火。我说我爱您胜过爱世上的一切，这绝不是夸口。爱情不是我生活中的一切……爱情是我的奖赏！我的好人儿，对于一个工作着的、斗争着的、痛苦着的人来说，再没有比这更高的奖赏……

索尼娅　（激动地）对不起……米哈依尔·列沃维奇，有个问题。

赫鲁舒夫　什么？您快说……

索尼娅　您看……您常来我们家，我有时也和家里的人到您那儿去做客，您要承认，您无论如何不能原谅自己……

赫鲁舒夫　这怎么讲？

索尼娅　我想说，您的民主主义的感情会因为您与我们的交往而蒙尘。我是个贵族小姐，叶莲娜·安德列耶夫娜是贵族夫人，我们穿戴很时髦，而您是个民主派……

赫鲁舒夫　咇……咇……咱们不谈这个……不是时候！

索尼娅　主要是，您自己挖掘泥煤，植树造林……这有点奇怪，一句话，您是个民粹派……

赫鲁舒夫 民主派，民粹派……索尼娅·亚历山德洛夫娜，关于这个难道是可以用严肃的口气，甚至颤抖着声音来说的？

索尼娅 是的，是的，这是严肃的，非常非常严肃的。

赫鲁舒夫 不，不……

索尼娅 我请您相信，我向您发誓好了，如果，比如说，我有个妹妹，而您看上了她，向她求了婚，那么您会永远不能原谅自己的，您会不好意思见您的医生同事和女医生，您感到不好意思，是因为您爱上了一个贵族小姐，她既没有上过大学，穿戴又时髦，我知道得很清楚……从您的眼神，我就看出这是真的！总而言之，您的这些森林、泥煤、刺绣的衬衣——都是装样子的，是虚假的，如此而已。

赫鲁舒夫 为什么？我的孩子，您为什么侮辱我？是吗？我是个傻瓜，我应该想到，俗话说得好，不是自己的雪橇不要往上坐！再见了！（走向门口）

索尼娅 再见！……请原谅，我刚才太生硬了。

赫鲁舒夫（回来）如果您知道，你们这里是多么让人憋气！这里对每一个人都斜眼相视，并把他们看成民粹派分子，神经病人，牛皮大王，什么都可能是，唯独不是人！"噢，这是，神经病人！"——听了就高兴。"这是牛皮大王！"——听了就满意，好像是他们发现了新大陆！而当他们不理解我，不知道该在我的额头上贴什么标签的时候，就说："这是个古怪的人，古怪的人！"您才二十岁，但您已经像您的父亲和舒尔仁舅舅一样的衰老和谨小慎微，如果您请我来医治您的痛风病，我也不会感到奇怪。不能这样生活！不管我怎么样，您应该平易地直视着我，没有杂念，没有先入之见，在我身上首先发现我是个人，否则在您和别人的关系中您永远找不到宁静。再会了！您记住我的话，带着您这样狡猾的、怀疑的眼睛，您永远不会爱！

索尼娅 这不是真的！

赫鲁舒夫 这是真的！

索尼娅 这不是真的！我要故意气气您了，我爱！我爱，我痛苦，痛苦！别纠缠我！请您走开，求求您了……少来我们这里……少来……

赫鲁舒夫 我告辞了！（离去）

索尼娅 （独自一人）他发火了，千万不要有像他这样的性格。

　　〔静场。

索尼娅 他说得很好，但谁能向我保证他不是牛皮大王！他常常想和你说的仅仅是森林，他种树……这很好，但要知道这很有可能是神经有毛病……（用手掩脸）我什么也不明白！（哭）他学的是医学系，但干的完全不是医学上的事……这一切都那么古怪,古怪……上帝,帮助我想想这一切吧!

[叶莲娜·安德列耶夫娜上。

十

索尼娅和叶莲娜·安德列耶夫娜。

叶莲娜·安德列耶夫娜 （开窗)雷雨过去了!空气多好!林妖在哪儿?

索尼娅 他走了。

[静场。

叶莲娜·安德列耶夫娜 索尼娅!

索尼娅 什么?

叶莲娜·安德列耶夫娜 你要跟我闹别扭闹到几时?我们谁也没有对不起谁的地方,为什么我们要彼此作对?够了……

索尼娅 我自己也想……(拥抱她)亲爱的!

叶莲娜·安德列耶夫娜 好极了……

[两人都很感动。

索尼娅 爸爸还睡着?

叶莲娜·安德列耶夫娜 不,他坐在客厅里,我们已经有整整一个月彼此不说话了,天知道这是因为什么,该结束了……(看着餐桌)这是怎么回事?

索尼娅　林妖吃晚饭来着。

叶莲娜·安德列耶夫娜　有葡萄酒……我们喝杯感情酒吧。

索尼娅　好呀!

叶莲娜·安德列耶夫娜　……从一个杯子里喝……(倒酒)这样更好。那么现在可以你我相称了?

索尼娅　对。

　　[两人喝酒,亲吻。

索尼娅　我早就想与你和解了,但总不好意思……(哭)

叶莲娜·安德列耶夫娜　你为什么哭了?

索尼娅　没有什么,我就是这样。

叶莲娜·安德列耶夫娜　哎,别哭了,别哭了……(哭)这是个怪女人,因为你,我自己也哭了。

　　[静场。

叶莲娜·安德列耶夫娜　你生我气,一定是因为你认为我嫁给你爸爸是另有所图,如果你相信誓言,那我就向你发誓,我嫁给他是因为爱他。他作为一个学者,一个名人,我被他吸引了。这个爱情不是真正的,是矫情的,但我那时可认为这爱情是真正的。我没有过错。而打从我们结婚之后,你就用你那狡猾而怀疑的眼睛来折磨我……

索尼娅　好了，讲和了，讲和了！忘记这一切。我今天已经第二次听说我有狡猾而怀疑的眼睛。

叶莲娜·安德列耶夫娜　别这样狡猾地看我，这与你不相称。应该相信别人，否则无法生活。

索尼娅　受惊的乌鸦连草也怕。我常常感到失望。

叶莲娜·安德列耶夫娜　对谁失望？你父亲是个真正的好人，是个干活的人。如果他真很幸福，那么他也因为忙于工作而发现不了自己的幸福。我既不对你父亲，也不对你故意使坏。你的舒尔仁舅舅是个非常善良的、真正的人，但他又是个不幸的、心怀不满的人……你不相信谁？

　　〔静场。

索尼娅　像个朋友那样对我说句良心话……你幸福吗？

叶莲娜·安德列耶夫娜　不。

索尼娅　这我也知道。还有一个问题，你坦白说，你是否希望自己有一个年轻的丈夫？

叶莲娜·安德列耶夫娜　你还是个孩子，当然，是想的！（笑）唉，你再问点什么吧，问吧……

索尼娅　你喜欢林妖吗？

叶莲娜·安德列耶夫娜　是的，很喜欢。

索尼娅　（笑）我样子一定很傻……是吗？你看他已经走了，但我还能听到他的嗓音和脚步声，我望着黑黑的窗子——我觉得那里有他的面孔。让我把话说完……但我不能放大声音来说，我感到难为情，到我房间里去吧，我们在那里再聊，你觉得我傻吗？承认吧……他是个好人？

叶莲娜·安德列耶夫娜　很好很好的人……

索尼娅　我觉得他的森林、泥煤都是很古怪的，我不理解。

叶莲娜·安德列耶夫娜　但问题难道是在森林？我亲爱的，你要明白，这是才华！而你知道什么叫才华吗？是勇气，自由思想，大刀阔斧的气魄……他栽上一棵树或是挖出几百斤泥煤，已经想到一千年之后将是如何，已经意识到人类的幸福。这样的人很珍贵，应该爱他们。让上帝赐福给你们。你们两人都是纯洁的、勇敢的、正直的人。他任性，你多虑、聪明……你们可以很好地互补……（站起）而我是个乏味的次要人物……无论是在音乐上，在丈夫的家里，在情人的怀里，一句话，在一切场合里，我都是个次要人物。说实在的，索尼娅，如果认真想想，我是个非常非常不幸的人！（激动地来回走动）在这个世界上没有我的幸福！没有！你笑什么？

索尼娅　（捂着脸，笑）我多么幸福，我多么幸福！

叶莲娜·安德列耶夫娜　（搓手）真的，我多么不幸。

索尼娅　我幸福……幸福。

叶莲娜·安德列耶夫娜　我想弹琴。我想现在弹奏个什么曲子。

索尼娅 弹吧。(拥抱她)我睡不着了……弹吧!

叶莲娜·安德列耶夫娜 你爸爸睡不好觉。他病着的时候,不爱听音乐。你去问问,如果他不反对,我就弹……你去。

索尼娅 我去。(离去)

［花园里更夫在打更。

叶莲娜·安德列耶夫娜 我好久没有弹琴了,我要一边弹,一边哭,哭得像个傻女人。(看窗外)叶菲姆,这是你在打更?

更夫的声音 是我!

叶莲娜·安德列耶夫娜 别打了,老爷身体不舒服。

更夫的声音 我马上走!(吹着口哨)哎嘿,小狗茹契卡!茹契卡!

［静场。

索尼娅 (回来)不让弹!

——幕落

第三幕

谢列勃里雅科夫家的客厅,三个门:一个右边,一个左边,一个居中。白天。听到幕后叶莲娜·安德列耶夫娜在弹钢琴,她弹的是《叶甫根尼·奥涅金》中决斗前的咏叹调。

一

奥尔洛夫斯基,沃依尼茨基和费德尔·伊凡诺维奇。

费德尔穿着黑色西服,高帽在手中。

沃依尼茨基 (听着音乐)这是她在弹,叶莲娜·安德列耶夫娜……我爱听的曲子。
 〔幕后的音乐中止了。

沃依尼茨基 是啊……好曲子……大概，我们这里从来没有这样寂寞过……

费德尔·伊凡诺维奇 我的好朋友，你还没有遇到过真正的寂寞。当我在塞尔维亚当志愿兵的时候，那才真叫寂寞！炎热、郁闷、肮脏，酒醉之后的头痛……我记得有一次坐在一个简陋的小棚子里，和我在一起的有上尉卡什基纳齐……该聊的都聊过了，没有地方可去，没有事情可做，酒也不想喝了……恶心，你知道吗，简直想上吊！我们坐着，像两条眼镜蛇，大眼瞪小眼……他看着我，我看着他……我看着他，他看着我……我们彼此看着，不知道这是为了什么……我们坐了一个小时，又坐了一个小时，我们一直眼对眼地看着。突然间他无缘无故地跳了起来，拿起一个木块朝我砸来……真有你的……我，当然掏出自己的木块回敬了他，这下子咔嚓咔嚓乱成了一团，好不容易把我们拉开了，后来我倒没事，而上尉卡什基纳齐直到今天脸上还留着一块疤。你们看人有的时候会无聊到什么程度……

奥尔洛夫斯基 是的，常有这样的事。

　　［索尼娅上。

二

上一场的人物和索尼娅。

索尼娅 （旁白）我找不到自己的位置……（一边走一边笑）

奥尔洛夫斯基 小姐，你上哪儿？跟我们坐一会儿。

索尼娅 费佳，过来一下……（把费德尔·伊凡诺维奇拉到一边）过来……

费德尔·伊凡诺维奇 你要干什么？你为什么满面春风？

索尼娅 费佳，你答应完成任务！

费德尔·伊凡诺维奇 什么事？

索尼娅 到林妖那里去一趟。

费德尔·伊凡诺维奇 为什么？

索尼娅 你就是去一趟……问问他，为什么好长时间没有到我们这里来……已经有两个星期了。

费德尔·伊凡诺维奇 脸红了！害臊了！天呀，索尼娅爱上了！

所有的人 害臊了！害臊了！

〔索尼娅捂着脸跑开了。

费德尔·伊凡诺维奇 像影子一样，从一个房间走到另一个房间，找不到自己的位置。她爱上林妖了。

奥尔洛夫斯基 好姑娘……我喜欢。费佳，我很想让你娶了她——更好的未婚妻你很难找到，是啊，这么说，这是上帝的旨意……而我曾经是怎样地陶醉过的！我到你家去，你有年轻的妻子，有家庭的气氛，茶炊正烧着……

费德尔·伊凡诺维奇　我在这方面很无知。如果什么时候想结婚，我就娶尤丽娅。至少，她很小，从一切的罪恶中永远要选择最小的。而且她是个好管家婆……（敲一下自己的额头）好主意！

奥尔洛夫斯基　怎么啦！

费德尔·伊凡诺维奇　咱们喝香槟酒！

沃依尼茨基　还早，而且太热……等一等……

奥尔洛夫斯基　（欣赏地）我的儿子……美男子……想喝香槟酒，我亲爱的……

　　［叶莲娜·安德列耶夫娜上。

三

上一场的人物和叶莲娜·安德列耶夫娜。

叶莲娜·安德列耶夫娜穿过舞台。

沃依尼茨基　你们欣赏欣赏吧！（她走着）懒洋洋地走

着，很可爱！很可爱！

叶莲娜·安德列耶夫娜　舒尔仁，别这样，没有您的唠叨也寂寞。

沃依尼茨基　（挡住叶莲娜·安德列耶夫娜的去路）天才，呶，您像不像演员？冷漠、懒惰、糊涂……有那样的德性，甚至看着都觉得恶心……

叶莲娜·安德列耶夫娜　您别看好了……放开我……

沃依尼茨基　干吗烦闷？（活泼地）我亲爱的，做一个聪明的女人吧！在你的血管里流着美人鱼的血，那就做一次美人鱼！

叶莲娜·安德列耶夫娜　放开我！

沃依尼茨基　一辈子里哪怕有一次露露本性，一头扎进深渊，去疯狂地爱上一个水神……

费德尔·伊凡诺维奇　扑通一声，和他一起一头扎进深渊，让教授先生和我们都只好望洋兴叹！

沃依尼茨基　美人鱼，啊！要爱就爱！

叶莲娜·安德列耶夫娜　你们要指教我什么？好像我没有你们就不知道该怎么生活！如果我有坚强的意志，我就要像一只自由的鸟儿，飞得离你们远远的，远远地离开你们的昏昏欲睡的面孔，远远地离开你们的乏味的谈话，忘记了还有你们这些人生活在这个世界上，那时谁也不敢再来教训我。但我没有坚强的意志。我胆小、羞涩，我以为，如果我背叛了丈夫，那么所有的妻子都会效法我，把她们的丈夫抛弃，这样上帝会惩罚我，良心会折磨我，否则我会让你们看看，什么叫自由地生活！（离去）

奥尔洛夫斯基 美人儿！

沃依尼茨基 看样子，我开始蔑视这个女人了！像小姑娘一样地害臊，但发表起议论来像个老资格的诵经士！酸！酸！

奥尔洛夫斯基 算了，算了……教授现在在哪儿？

沃依尼茨基 在自己书房里，在写东西。

奥尔洛夫斯基 他写信叫我来，说有事商量，您知道是什么事情？

沃依尼茨基 他什么事情也没有。写点毫无意义的东西，不断地埋怨和吃醋，如此而已。

〔日尔屠欣和尤丽娅从左门上。

四

上一场的人物，日尔屠欣和尤丽娅。

日尔屠欣 先生们，你们好。（问好）

尤丽娅 教父，您好！（接吻）费佳，你好！（接吻）叶戈尔·彼特洛维奇，您好！（接吻）

日尔屠欣 亚历山大·弗拉基米洛维奇在家吗?

奥尔洛夫斯基 在家。在书房里坐着。

日尔屠欣 得去找他。他写信给我,说是有什么事……(下)

尤丽娅 叶戈尔·彼特洛维奇,您昨天收到了按您的订单送去的大麦了吗?

沃依尼茨基 收到了,谢谢。该付您多少钱?今年春天我们还从您那儿拿了什么……记不得了……我们应该清一下账。我就不能容忍把账目搞乱。

尤丽娅 今年春天你们拿了八担黑麦,叶戈尔·彼特洛维奇,还有两头小母牛,一头小公牛,你们村里还派人来拿过黄油。

沃依尼茨基 一共该付您多少钱?

尤丽娅 我怎么说得出来?叶戈尔·彼特洛维奇,不看账本我说不出数目来。

沃依尼茨基 如果需要,我现在就去给您把账本拿来……(离开,又很快带着账本回来)

奥尔洛夫斯基 姑娘,你兄弟身体好吗?

尤丽娅 很好。教父,您从哪儿买了这领带?

奥尔洛夫斯基 在城里,在基尔皮契夫那里。

尤丽娅 好领带。应该也给列奥尼德买一条这样的。

沃依尼茨基 给您账本。

〔尤丽娅坐下,用手指弹着账本。

奥尔洛夫斯基 上帝给列奥尼德派了一个多好的女管

家！那洋娃娃似的胖小子，难得一见，而你看看，这姑娘是怎么工作的！真有你的！

费德尔·伊凡诺维奇　是啊，他只是托着腮帮子溜达。一个游手好闲的人……

奥尔洛夫斯基　我可爱的穿肥袍的小姐……要知道她是穿肥袍的。星期五我去集市，就看见她穿着肥袍在大车旁走动……

尤丽娅　瞧您把我搅乱了。

沃依尼茨基　先生们，咱们换个地方吧，到大厅里去。我在这也耽腻了……（打哈欠）

奥尔洛夫斯基　到大厅去就到大厅……我反正一样。

　　［他们走进左边的门。

尤丽娅　（独自一人）费佳打扮得怪模怪样……父母亲没有管教好……全省没有比他更漂亮的男人，很聪明，很富有，但没有出息……什么也不懂……（用手指弹账本）

　　［索尼娅上。

五

尤丽娅和索尼娅。

索尼娅　尤丽娅，您在我们这里？我还不知道……

尤丽娅　（接吻）亲爱的！

索尼娅　您在干什么？算账？您多会管家，看着都羡慕……尤丽娅，您为什么不嫁人？

尤丽娅　这样……有人来向我求过婚，我拒绝了。好的未婚夫不会向我求婚的！（叹息）不会的！

索尼娅　为什么呢？

尤丽娅　我是个没有文化的姑娘。我上到小学二年级就退学了！

索尼娅　为什么呢，尤丽娅？

尤丽娅　因为笨。（索尼娅笑）您笑什么，索尼娅？

索尼娅　我的头脑有点奇怪……尤丽娅，我今天是这么的幸福，这么的幸福，甚至觉得因为幸福而寂寞……我找不到自己的位置……呶，让我们来说点什么……您爱过吗？

　　　　〔尤丽娅肯定地点头。

索尼娅　是吗？他有意思吗？

　　　　〔尤丽娅与索尼娅耳语。

索尼娅　爱上谁？是费德尔·伊凡诺维奇吗？

尤丽娅　（肯定地点头）您呢？

索尼娅　我也是……但我没有爱上费德尔·伊凡诺维奇。（笑）呶，再说点什么。

尤丽娅　索尼娅，我早就想和您谈谈。

索尼娅 好吧。

尤丽娅 我想向您做解释。您看,我从来心里都对您好……我有很多认识的姑娘,但您是其中最出色的……如果您对我说:"尤丽娅,给我十匹马,或者,两百只羊!"我会慷慨答应的……为了您我不吝惜任何东西……

索尼娅 尤丽娅,您怎么不好意思?

尤丽娅 我难为情……我……我心里对您好。所有的姑娘中您最出色……您不傲慢……您的印花布真好!

索尼娅 关于印花布以后再说……您说吧……

尤丽娅 (激动地)我不知道,理智一些该怎么说……请允许我建议您……得到幸福……也就是……也就是……请您嫁给我哥哥。(捂住脸)

索尼娅 (站起)咱们不说这个。尤丽娅……别的,别的……

〔叶莲娜·安德列耶夫娜上。

六

上一场的人物和叶莲娜·安德列耶夫娜。

叶莲娜·安德列耶夫娜 真是没有地方去。奥尔洛夫斯基和舒尔仁两人在这里川流不息,不管你到哪里,总能碰到他们,真有点烦。他们在这里干什么?到别处去走走也好。

尤丽娅 （含泪）叶莲娜·安德列耶夫娜。（想与她接吻）

叶莲娜·安德列耶夫娜 尤丽娅,您好。请原谅,我不喜欢接吻。索尼娅,父亲在干什么?（静场）你为什么不回答?我问你,父亲在干什么?（静场）索尼娅,你为什么不回答?

索尼娅 您想知道?您过来……（将叶莲娜·安德列耶夫娜引向一边）我说……我今天的心里太干净了,我不想和您说话,也不想再继续隐瞒下去。您拿好!（给她一封信）这是我在花园里捡到的。尤丽娅,咱们走!（与尤丽娅一起走进左边的门）

七

叶莲娜·安德列耶夫娜,然后是费德尔·伊凡诺维奇。

叶莲娜·安德列耶夫娜 （独自一人）这算什么?舒尔仁给我的信!我有什么过错?噢,说得这么尖锐!……她的心里太干净了,甚至不和我说话……我的上帝,这样侮辱我……头都晕了,我现在就要倒下……

费德尔·伊凡诺维奇 (从左门上,穿过舞台)您怎么一见到我就哆嗦?(静场)嗯……(从叶莲娜·安德列耶夫娜手中拿过那封信,将它撕成碎片)这些您全都不用操心。您应该仅仅想到我。

〔静场。

叶莲娜·安德列耶夫娜 这是什么意思?

费德尔·伊凡诺维奇 这就是说,如果我看上了谁,谁就休想从我手心里逃掉。

叶莲娜·安德列耶夫娜 不,这说明您既愚蠢又无耻。

费德尔·伊凡诺维奇 今天晚上七点半钟您一定得去花园里的小桥边等我……唉?其他的我就不再对您说了……这么说,我的天使,咱们七点半钟见。(想抓叶莲娜·安德列耶夫娜的手)

〔叶莲娜·安德列耶夫娜给费德尔·伊凡诺维奇一个耳光。

费德尔·伊凡诺维奇 说过头了……

叶莲娜·安德列耶夫娜 滚开!

费德尔·伊凡诺维奇 遵命……(走开又回来)我很受感动……让我们好好商量。您瞧……我在这个世界上经历得多了,我甚至两次吃过金鱼的耳朵……只是我还没有坐在气球上飞过,还没有勾引过教授的妻子……

叶莲娜·安德列耶夫娜　您走吧……

费德尔·伊凡诺维奇　我现在就走……我什么都经历过……而因为这个我受够了罪。我说这些是为了说明这样一个意思,如果你什么时候需要一个朋友或一条忠诚的狗,就请您来找我……我很受感动……

叶莲娜·安德列耶夫娜　我什么狗都不需要……您走吧。

费德尔·伊凡诺维奇　遵命……(受感动)不管怎么说,我受了感动……当然,受了感动……是的……(犹豫不决地离去)

叶莲娜·安德列耶夫娜　(独自一人)头疼了……每天晚上都做噩梦,预感到会有什么可怕的事……但是,这多么可耻!青年人一起成长一起受教育,互相以"你"相称,常常拥抱接吻,他们应该生活在和平与和谐之中,但可能很快他们就要互相吞食……林妖挽救着森林,但无人来挽救人。(向左边的门走去,见到迎面走来的日尔屠欣和尤丽娅后,从中门下场)

八

日尔屠欣和尤丽娅。

尤丽娅　列奥尼德,我和你多么不幸,啊嘿,多么不幸!

日尔屠欣　谁让你去跟她说的？未被邀请的媒婆！你给我把事情全搞坏了！她会想，我自己不会说话……这多么庸俗！我给你说过一千次，这事要从长计议。除了屈辱和这些厚颜无耻的暗示，什么也得不到……那老头子大概猜到我爱索尼娅，他已经在利用我的感情！他想让我买下他的庄园。

尤丽娅　他要多少钱？

日尔屠欣　嘘！……他们来了！……

〔从左边的门走出谢列勃里雅科夫，奥尔洛夫斯基和玛丽雅·瓦西里耶夫娜，她一边走一边在读一本小册子。

九

奥尔洛夫斯基　我也有病，头疼了两天啦，身体不舒服……

谢列勃里雅科夫　其他人在哪儿？我不喜欢这新房子，像个迷宫。二十六个大房间，四通八达，谁也找不到谁。（按铃）请把叶戈尔·彼特洛维奇和叶莲娜·安德列耶夫娜请到这里来。

日尔屠欣　尤丽娅，这里没有你的事，你去找一下叶戈尔·彼特洛维奇和叶莲娜·安德列耶夫娜。

〔尤丽娅下。

谢列勃里雅科夫　疾病还可以忍受，不能让我容忍的，是我现在的情绪。我有这样一种感觉，好像我已经死了，或者是从地球上跌到了另外一个什么星球。

奥尔洛夫斯基　这要从哪个角度看……

玛丽雅·瓦西里耶夫娜　（边读）给我支铅笔……又有矛盾了！应该记下来。

奥尔洛夫斯基　给您，老太太！（给玛丽雅·瓦西里耶夫娜铅笔并吻她的手）

〔沃依尼茨基上。

十

上一场的人物，沃依尼茨基，然后是叶莲娜·安德列耶夫娜。

沃依尼茨基　您需要我？

谢列勃里雅科夫　是的，舒尔仁。

沃依尼茨基　您需要我做什么？

谢列勃里雅科夫　您……您生什么气？

〔静场。

谢列勃里雅科夫　如果我在你面前有什么过错，那么请原谅。

沃依尼茨基　别来这一套。有事说事……你需要什么?

　　［叶莲娜·安德列耶夫娜上。

谢列勃里雅科夫　好,叶莲娜也来了,先生太太们,请坐下。

　　［静场。

谢列勃里雅科夫　诸位先生,我请你们来是为了向你们宣布一个消息,钦差大臣要到我们这里来。不过,把笑话搁到一边去。事情很严肃。先生太太们,我把你们召集来是为了向你们请求帮助和征求意见,因为我知道你们一向对我很好,所以我相信肯定能得到你们的帮助。我是一个做学问的书生,远离实际生活,没有在行的人指导不行。所以我请你,伊凡·伊凡内奇,请您,列奥尼德·斯捷潘内奇,还有请你,舒尔仁……正如一句拉丁文格言所说:一个夜晚等待着所有的人。意思是说,我们都在上帝下边生活,我老了,也有病,所以我认为,该是整顿一下自己财产关系的时候了,既然这些财产关系与我家庭有关。我的生活已经结束,我不关心自己了,但我有一个年轻的妻子,一个还是姑娘的女儿。她们已经不能再在农村生活。

叶莲娜·安德列耶夫娜　我反正一样。

谢列勃里雅科夫　我们生来不是为了过乡村生活的。但我们从这个庄园得到的收入不够我们在城里的开支。前天我卖了四千卢布的森林，但这是非常措施，不能每年都采取。需要找到一些办法，使得我们可以经常得到一项多少算得固定的收入。我想到了一个这样的办法，而且荣幸地提出来供你们讨论。不说细节，只说要点。我们这处庄园的收入，平均每年只有二分利息。我建议把它卖了。如果我们把这笔款子变成股票，那我们可以有四分到五分的利息，我还估计，几千卢布的余额足够我们在芬兰买一座不大的别墅……

沃依尼茨基 等一等……我好像听错了。你再把你的话重复一遍……

谢列勃里雅科夫 把钱变成股票，余下的在芬兰买别墅……

沃依尼茨基 不是芬兰……你还说了其他什么。

谢列勃里雅科夫 我建议卖掉庄园。

沃依尼茨基 就是这样……你要卖掉庄园……这很好，这个想法很妙……那你准备把我和老妈妈往哪儿安排？

谢列勃里雅科夫 这我们到时还要讨论……不要急……

沃依尼茨基 等一等……很显然，在这之前我头脑一直糊涂着，到现在为止，我愚蠢地认为，这座庄园是属于索尼娅的。我的死去了的父亲购置了这座庄园，是为我姐姐作陪嫁的。到现在为止，我还很幼稚，认为我们的法律不是土耳其的法律，我认为，姐姐的这份产业是应该由索尼娅来继承的。

谢列勃里雅科夫 当然，庄园属于索尼娅。有谁反对？没有索尼娅的同意我不会变卖它的。而且我这样做也是为索尼娅好。

沃依尼茨基 不可理解，不可理解！要么是我疯了……要么是……

玛丽雅·瓦西里耶夫娜 舒尔仁，不要和教授作对。什么好什么不好，他知道得比我们多。

沃依尼茨基 不，给我点水……（喝水）说吧，你想说什么就说！

谢列勃里雅科夫 我不明白你为什么这样激动，舒尔仁？我没有说我的方案是最理想的。如果大家都认为它不好，我也不坚持。

〔德雅金上，他穿着礼服，手戴白色手套，头顶宽边礼帽。

十一

上一场的人物和德雅金。

德雅金　我荣幸地向你们致敬。请原谅，我胆敢不经通报就闯了进来。我有错，但值得原谅，因为前厅没有一个仆人。

谢列勃里雅科夫　（不好意思地）很高兴……请……

德雅金　（奉承地）先生！夫人！我来到贵府有两个目的。一是来登门拜访，向你们表示敬意，二来是邀请你们找一个好日子到我的领地来作一次旅游。我住在水磨坊，是向我们的朋友林妖租来的。这是一个幽静的、富有诗意的地球一角，这里晚上能听到美人鱼的跳动，而白天……

沃依尼茨基　麻糕，你别插嘴，我们在说事……等一等，（向谢列勃里雅科夫）你可以问问他，这座庄园是从他叔叔手里买下的。

谢列勃里雅科夫　我为什么要问呢？有什么必要？

沃依尼茨基　这庄园当时是用九万五千卢布买下的。父亲仅仅支付了七万，欠了两万五千卢布的债。现在听我说……如果不是我为了我深爱的姐姐的利益，放弃了自己应得的遗产，这座庄园是买不下来的。除此之外，我像牛马那样地在这里劳作了十年，而且偿还了债务。

奥尔洛夫斯基　我亲爱的，您想要什么？

沃依尼茨基　这座庄园之所以能偿还债务而没有破产，全靠我的辛苦，现在我老了，就想把我从这里赶走！

谢列勃里雅科夫　我不明白你想要达到什么？

沃依尼茨基　这座庄园我管理了二十五年，劳作了二十五年，像一个最忠实的仆人给你按时寄钱，而这二十五年来你没有向我说过一句感谢的话，从我年轻的时候起，一直到了现在，我从您手里只能领到五百卢布的年薪——这也算钱！而你一次也没有想到哪怕是给我增加一个卢布也好！

谢列勃里雅科夫　舒尔仁，我怎么能知道？我是个没有实践经验的人，我什么也不懂。你可以给自己加薪，加多少都行。

沃依尼茨基　我为什么没有偷窃？为什么你不因为我没有偷窃而瞧不起我？要是这样的话现在也不至于是个穷光蛋了！

玛丽雅·瓦西里耶夫娜　（严厉地）舒尔仁！

德雅金　（不安地）舒尔仁，别这样，别这样……我都发抖了……为什么要把关系搞坏？（吻沃依尼茨基）别这样。

沃依尼茨基　二十五年来，我和妈妈就这样像田鼠似的封闭在这堵墙壁里。我们所有的思想和感情仅仅属于你一个人。白天我们谈论着你，谈论着你的工作，为你感到自豪，怀着敬意呼唤你的名字；晚上我们把时间都消耗在阅读那些现在我深恶痛绝的书籍和杂志上！

德雅金　别这样，舒尔仁，别这样……我受不了啦……

谢列勃里雅科夫　我不知道你需要什么？

沃依尼茨基　在我们的眼睛里，你曾经是至高无上的，我们把你写的文章读得倒背如流……但我现在真正把眼睛睁开了，我全都看清了！你谈论艺术，但对艺术全然无知！你的所有我曾经为之倾倒的著作，分文不值！

谢列勃里雅科夫　先生太太们！你们让他住嘴吧！要不我要走了！

叶莲娜·安德列耶夫娜　舒尔仁，我要求您住嘴！听到了吗？

沃依尼茨基　我要说！（挡住谢列勃里雅科夫的去路）等一下，我还没有说完！你毁坏了我的生活！我没有真正地生活过！由于你的过错，我丧失了我生命中最美好的年华！你是我最可恶的敌人！

德雅金　我受不了啦……受不了啦……我到另一间房里去。（非常激动地从右边的门下）

谢列勃里雅科夫　你需要我做什么？你有什么权力用这种口吻跟我说话？小人一个！如果庄园是你的，那你就把它拿走，我不需要它！

日尔屠欣　（旁白）咇，麻烦大了！……我走！（离去）

叶莲娜·安德列耶夫娜　如果您不住嘴，我现在就离开这个地狱！（大叫）我再也不能忍受了！

沃依尼茨基　我的生活完结了！我有天赋，有智慧，有胆量……如果我有正常的生活，那么我有可能成为叔本华、陀思妥耶夫斯基这样的人物……我控制不住自己！我要发疯了……妈妈，我绝望了，妈妈！

玛丽雅·瓦西里耶夫娜　听教授的话！

沃依尼茨基　妈妈，我怎么办？您不必说！我自己知道该怎么办！（向谢列勃里雅科夫）你会记得我的！（走进中间一个门）

〔玛丽雅·瓦西里耶夫娜跟沃依尼茨基下。

谢列勃里雅科夫　先生太太们，怎么会弄成这个样子？把这个疯子从我身边赶走！

奥尔洛夫斯基　没有什么，没有什么，沙萨，让他的灵魂平静下来。你也不要这么激动。

谢列勃里雅科夫　我不能与他生活在同一个屋檐下！他的住房，（指指中间的门）几乎与我紧挨着……让他搬到厢房去，搬到林子里去，或者我从这里搬走，反正不能和他住在一个房子里……

叶莲娜·安德列耶夫娜　（向丈夫）如果再这样继续下去的话，我就走！

谢列勃里雅科夫　啊嘿，别吓我，好吗！

叶莲娜·安德列耶夫娜　我不是吓你，但你们好像在一起串通好了，要把我的生活变成地狱……我要走……

谢列勃里雅科夫 所有人都知道你年轻,我老,你住在这里是你委屈自己了……

叶莲娜·安德列耶夫娜 你再说,再说……

奥尔洛夫斯基 哎,哎,哎……我的朋友们……

〔赫鲁舒夫快步上。

十二

上一场的人物和赫鲁舒夫。

赫鲁舒夫 (激动地)很高兴,能在家里碰到您,亚历山大·弗拉基米洛维奇……请原谅,可能我来得不是时候,对您有所干扰……但问题不在这里。您好……

谢列勃里雅科夫 您需要什么?

赫鲁舒夫 请原谅,我很激动,这是因为我刚刚骑了快马……亚历山大·弗拉基米洛维奇,我听说,您前天把自己的森林卖给了库兹涅佐夫,供他采伐。如果这是真的而不是谣传,那么我请您别这样做。

叶莲娜·安德列耶夫娜 米哈依尔·列沃维奇,我丈夫现在没有谈这类事的心情。咱们到花园去。

赫鲁舒夫 而我现在需要说!

叶莲娜·安德列耶夫娜 您瞧着办……我受不了了……(下)

赫鲁舒夫 请允许我去找库兹涅佐夫，告诉他说您改变主意了……行吗？您允许吗？砍掉上千棵树，把它们毁灭掉，仅仅为了两三千卢布，为了女人的衣衫和香水……毁灭这片森林，为了将来让我们的后代骂我们是野蛮人！如果，您这样一位学者、一位名人都要干出这样残酷的事情，那么学历比您低很多的人，应该干些什么？这是多么可怕！

奥尔洛夫斯基 米沙，以后再谈这个。

谢列勃里雅科夫 伊凡·伊凡诺维奇，咱们走，这没完没了的。

赫鲁舒夫 （挡住谢列勃里雅科夫的去路）如果是这样，那么教授……您等一等，三个月后我拿到了钱，我来买下您的森林。

奥尔洛夫斯基 请原谅，米沙，这甚至有点奇怪……好了，就算你是个理想人物……我们可以向你顶礼膜拜，（鞠躬）但为什么要闹得不愉快？

赫鲁舒夫 （冲动地）教父！这世界上很多善人总让我觉得可疑！他们之所以成为善人是因为他们是冷漠的人！

奥尔洛夫斯基 我亲爱的，你是来吵架的……这不好！思想归思想，但兄弟，还应该有这个……（指指心）我亲爱的，没有这个东西，你所有的森林和泥煤都分文不值……不要生气，但你还年轻，太年轻！

谢列勃里雅科夫 （严厉地）下一次不经通报别进我的家门，我也请您不要让我看到您的神经病大发作！你们都想让我失去忍耐，你们的目的达到了……请您离开我！您的所有的森林、泥煤在我看来，是梦呓和神经病，这就是我的看法！伊凡·伊凡诺维奇，咱们走！（下）

奥尔洛夫斯基 （跟着谢列勃里雅科夫）沙萨，这过分了……为什么这样尖锐？（下）

赫鲁舒夫 （独自一人，沉默之后）梦呓，神经病……这么说，按照一个著名学者、教授的看法，我是个疯子……我在阁下的权威面前低头，我现在就回家去剃个光头。不，发疯的地球还负载着你们！（快步走向右边的门）

　　〔索尼娅从左边的门进来，她在整个第十二场戏中站在门口偷听。

十三

赫鲁舒夫和索尼娅。

索尼娅 （追上赫鲁舒夫）等一等……我全听到了……您说呀……您快说，否则我忍不住要自己开始说了!

赫鲁舒夫 索菲娅·亚历山德洛夫娜,我已经把我想说的都说了。我恳求您父亲对森林手下留情,我是对的,但他侮辱了我,说我是疯子……我是疯子!

索尼娅 够了,够了……

赫鲁舒夫 是啊,那些用学问的外衣掩盖自己铁石心肠的人倒不是疯子,那些把自己的冷漠当作深刻的智慧的人倒不是疯子,那些嫁给老头子的人倒不是疯子,她们嫁给老头是为了公开地欺骗他们,为了给自己用砍伐森林赚得的金钱买时髦衣裳!

索尼娅 您听我说,听我说,(拉赫鲁舒夫的手)让我对您说……

赫鲁舒夫 我们的交往结束了。对于您来说,我是个陌生人,您关于自己的看法我也知道,我在这里无事可做了。别了,很遗憾,在我曾经十分珍视的我们短暂的相识之后,我的记忆里仅仅留下了您父亲的痛风病以及您对于我的民主思想的议论……但我在这方面没有过错……不是我……

〔索尼娅哭泣着,用手掩脸,快步从左边的门离去。

赫鲁舒夫 我一不小心在这儿产生了爱的感情,这对于我来说是个教训!从这个地窖里逃跑吧!(走向右边

的门)

　　[叶莲娜·安德列耶夫娜从左边的门出来。

十四

赫鲁舒夫和叶莲娜·安德列耶夫娜。

叶莲娜·安德列耶夫娜　您还在这里？等一等……刚刚伊凡·伊凡诺维奇对我说,我丈夫对您态度很不好……请您原谅,他今天心情不好,他没有理解您……至于我,我的灵魂是属于您的,米哈依尔·列沃维奇!请相信我的敬仰之情的真诚,我深表同情,深受感动,请允许我,衷心地向您表示我的友谊。(伸出两只手来)

赫鲁舒夫　(厌恶地)离我远一点……我鄙视你的友谊!(离去)

叶莲娜·安德列耶夫娜　(独自一人,痛苦地)为什么?为什么?

　　[舞台后传来枪声。

十五

叶莲娜·安德列耶夫娜,玛丽雅·瓦西里耶夫娜,索尼娅,谢列勃里雅科夫,奥尔洛夫斯基和日尔屠欣。

玛丽雅·瓦西里耶夫娜摇摇晃晃地从中间的门出来,大叫一声,昏倒在地。索尼娅走上台又跑进中间的门。

谢列勃里雅科夫 怎么回事?

奥尔洛夫斯基 怎么回事?

日尔屠欣 怎么回事?

　　[听得见索尼娅的叫喊声。

索尼娅 (冲回来)舒尔仁舅舅开枪自杀了!

　　[索尼娅、奥尔洛夫斯基,谢列勃里雅科夫和日尔屠欣跑进中间的门。

叶莲娜·安德列耶夫娜 (痛哭)为什么?为什么?

　　[在右边的门口出现德雅金。

十六

叶莲娜·安德列耶夫娜,玛丽雅·瓦西里耶夫娜和德雅金。

德雅金 （在门口）怎么回事?

叶莲娜·安德列耶夫娜 （向德雅金）请您把我带走！把我抛进深渊，把我杀了，但我不能再留在这里。快，我求您了！（与德雅金下）

——幕落

第四幕

磨坊旁的森林和屋子,这是德雅金向赫鲁舒夫租来的。

一

叶莲娜·安德列耶夫娜和德雅金坐在窗下的长椅上。

叶莲娜·安德列耶夫娜 亲爱的伊里亚·伊里依奇,明天您再到邮局去看看。

德雅金 一定的。

叶莲娜·安德列耶夫娜 再等三天。如果再等不到哥哥的回信,我就向您借钱自己去莫斯科,我不能老住在您的磨坊里啊。

德雅金 那当然……

［静场。

德雅金　尊敬的夫人,我不敢开导您,但您的所有这些让我到邮局去寄发的书信、电报,对不起,都是徒劳的。不管您的哥哥给您什么样的回信,您总归是要回到您丈夫身边的。

叶莲娜·安德列耶夫娜　我不回去……伊里亚·伊里依奇,这需要讨论讨论。我不爱丈夫。我所爱的年轻人,从头到尾都对我不公正。为什么要回去?您说这是责任……这我知道得很清楚,但我再说一遍,需要讨论讨论……

　　［静场。

德雅金　是这样……伟大的俄国诗人罗蒙诺索夫逃出阿尔汉格尔斯克省,在莫斯科找到了自己的命运女神。这从他那方面说,自然是很崇高的……而您为什么跑?如果说句心里话,哪里也没有您的幸福……就像在笼子里耽着的金丝雀,只能看到别人的幸福,而自己在笼子里耽一辈子。

叶莲娜·安德列耶夫娜　可能我不是金丝雀,而是一只自由的麻雀!

德雅金　哎!尊贵的夫人,根据飞行的姿态就能对鸟做出判断……在这两个星期的时间里,换了另一个女人,早已到十几个城市旅游过,并把所有的人都蒙在鼓里,而您倒好,只是跑到了这个磨坊,而且自

己的心里还七上八下……得了！您再在我这里住一段时间，心态平和了，就回丈夫那儿去。(倾听)有人坐马车来了。(站起)

叶莲娜·安德列耶夫娜　我走。

德雅金　我不敢再叨扰您。我回磨坊去再睡一会儿……今天我起得特别早。

叶莲娜·安德列耶夫娜　您醒过来之后再来，我们一起喝茶。(走进屋去)

德雅金　(独自一人)如果我生活在文化界，那可能有人会把我画一幅漫画登在杂志上去，再加一句讽刺性的题词。得了吧，我这样一个上了年岁的人，而且其貌不扬，居然还能把一位著名教授的年轻妻子领来！这真妙！(离去)

二

谢苗拎着水桶与尤丽娅上。

尤丽娅　谢苗，你好！伊里亚·伊里依奇在家吗？

谢苗　在家，上磨坊去了。

尤丽娅　你去叫他一下。

谢苗　马上去。

尤丽娅 （独自一人）肯定还在睡觉……（坐在窗下的长椅上叹息）有的人睡觉，有的人散步，而我成天东跑西颠。（更深的叹息）上帝，天底下有像麻糕这么笨的人吗？我现在从他的粮仓旁走过，看到有只小黑猪从门里出来……假如有别人家的猪群把他的麻袋撕开了就有好戏看了……

〔德雅金上。

三

尤丽娅和德雅金。

德雅金 （正穿上衣）是您，尤丽娅·斯捷潘诺夫娜？对不起，我没有穿好衣服……想美美地睡一觉。

尤丽娅 您好！

德雅金 请原谅，我不能把您请进屋去……房里没有收拾，很乱……如果方便，请到磨坊去……

尤丽娅 我就在这里坐一下。伊里亚·伊里依奇，我来找您是谈一件事。为了娱乐娱乐，列奥尼德和教授今天想到您磨坊来搞次野餐，喝喝茶……

德雅金 很荣幸。

尤丽娅 我是来通报……他们很快就到。您安排一下，让他们在这里放一张桌子，桌上还得有茶炊……您吩咐一下谢苗，让他从我的马车上取下装食物的篮子。

德雅金　这可以。

　　　　［静场。

德雅金　怎么样？你们那边怎么样？

尤丽娅　不好，伊里亚·伊里依奇……您相信吗，一大堆的操心事，我甚至累病了。您知道吗，教授和索尼娅现在住在我们家！

德雅金　我知道。

尤丽娅　自从叶戈尔·彼特洛维奇自杀之后，他们不能再住在自己家里……他们害怕，白天还好，一到晚上，大家聚到一间房里坐着直到天明。都害怕。怕在夜里叶戈尔·彼特洛维奇会出现……

德雅金　这是迷信……他们还想起叶莲娜·安德列耶夫娜吗？

尤丽娅　当然，都还想起她。

　　　　［静场。

尤丽娅　突然走了！

德雅金　是啊，是个值得阿依瓦佐夫斯基[1]描绘的故事……突然间走了。

---

[1] 阿依瓦佐夫斯基（1817—1900），俄国画家。

尤丽娅　现在也不知道她在哪儿……也可能远走高飞了，也可能，因为绝望……

德雅金　尤丽娅·斯捷潘诺夫娜，上帝是慈悲的！一切都会好的。

〔赫鲁舒夫上，拿着一个纸夹和一个画图用的工具匣。

四

上一场的人物和赫鲁舒夫。

赫鲁舒夫　哎！谁在这里？谢苗！

德雅金　看这边！

赫鲁舒夫　啊！……尤丽娅，您好！

尤丽娅　米哈依尔·列沃维奇，您好！

赫鲁舒夫　我，伊里亚·伊里依奇，又到你这里来工作了。家里坐不住。吩咐他们像昨天一样在树底下放上铁桌子，再关照他们拿两盏灯来，天开始黑了……

德雅金　遵命。（下）

赫鲁舒夫　尤丽娅，生活过得怎样？

尤丽娅　平平常常……

〔静场。

赫鲁舒夫 谢列勃里雅科夫一家在你们那儿住?

尤丽娅 是的。

赫鲁舒夫 嗯……那你们的列奥尼德在干什么?

尤丽娅 在家耽着……都因为索尼娅……

赫鲁舒夫 当然!

〔静场。

赫鲁舒夫 他娶上她就好了。

尤丽娅 那怎么样呢?(叹息)上帝保佑!他是个有教养的好人,她也受过良好的家庭教育……我一直希望她……

赫鲁舒夫 她糊涂……

尤丽娅 咬,别这样说。

赫鲁舒夫 您的列奥尼德也是个聪明人……总的来说,你们都是精选出来的。都是聪明人!

尤丽娅 看来您今天还没有吃午饭。

赫鲁舒夫 为什么您这样想?

尤丽娅 您好像有气。

〔德雅金和谢苗上,两人抬一张不大的桌子。

五

上一场的人物,德雅金和谢苗。

德雅金 米沙,你有审美的眼光,给自己找到了美丽的工作环境。这是一片绿洲!这是绿洲!你想象一下,这周围都是棕榈树,尤丽娅是温顺的扁角鹿,你是狮子,我是老虎。

赫鲁舒夫 你是个好人,热心肠的人,伊里亚·伊里依奇,但你为什么有这样的做派?说的话是甜腻腻的,脚跟碰着脚跟,肩膀抽搐着……如果有外人看到,会以为你不是人,而是天晓得什么……遗憾……

德雅金 这是说,我生来如此……天命。

赫鲁舒夫 咴,天命。别来这一套。(在桌子上固定好图纸)我今天在你这里过夜。

德雅金 非常高兴……你,米沙生气了,但我心里极其高兴!好像有只小鸟在我胸膛里唱歌。

赫鲁舒夫 你高兴吧。

〔静场。

赫鲁舒夫 你胸膛里有只小鸟,而我胸膛里有只癞蛤蟆,丢脸的事不计其数!希曼斯基把自己的森林卖了供人采伐……这是第一!叶莲娜·安德列耶夫娜从丈夫身边跑走了,现在谁也不知道她在什么地方,这是第二!我感到自己每天都在患得患失,变得渺小……这是第三!昨天我想对你说的,但说不出口,没有勇气。你可以向我祝贺。叶戈尔·彼特洛维奇死后留下一本日记。这本日记最初落到了伊凡·伊凡内奇手里,我在他那儿读了十遍……

尤丽娅 我们也读了。

赫鲁舒夫 舒尔仁与叶莲娜·安德列耶夫娜之间的浪漫史惊动了全家,现在证明是肮脏的谣言……我当时相信了这个谣言,跟别人一起散布了谣言,憎恨了,鄙视了,侮辱了他们。

德雅金 这当然不好。

赫鲁舒夫 尤丽娅,我轻信的第一个人,就是你的哥哥!我也有问题!我相信了我并不尊重的你的哥哥,而没有相信那个在我的面前作出自我牺牲的女人。我相信恶甚于相信善,我只能看到我鼻子底下的东西。而这说明,我像大家一样的没有才气。

德雅金 (向尤丽娅)咱们走,到磨坊去。就让他在这里工作,而咱们去游玩。咱们走……米沙,干你的吧。

(与尤丽娅一起下)

赫鲁舒夫 (独自一人,往小碟里放颜料)有一天晚上我看到他用脸贴在她手上。他在日记里详细记录了那个夜晚发生的事,记录了我是怎么到那里去的,我对他说了什么话。他引用了我的话,并且说我是个愚蠢的人和狭隘的人。

〔静场。

赫鲁舒夫 太浓了……得淡一点。然后他骂了索尼娅,因为她爱上我了……她从没有爱我……搞了个墨点……（用刀刮纸）甚至如果其中也有点道理，那也没有必要再去想它。愚蠢地开始，愚蠢地结束……

[谢苗和一个工人抬来一张大桌子。

赫鲁舒夫　你们这是怎么回事？干什么？

谢苗　伊里亚·伊里依奇吩咐的。日尔屠欣家的人要来喝茶。

赫鲁舒夫　非常感谢，这么说，不能继续工作了……把东西收拾好回家去。

[日尔屠欣和索尼娅挽着胳臂上。

六

赫鲁舒夫、日尔屠欣和索尼娅。

日尔屠欣　（唱）"神秘的力量无意间把我引向忧郁的河岸……"

赫鲁舒夫　那边是谁？啊！（赶紧收拾画图用的工具匣）

日尔屠欣　亲爱的索尼娅，还有一个问题……您记得吗？有一次过生日您在我们家里吃了早饭。您要承认，您那时看到我的外貌哈哈大笑起来。

索尼娅　得了，列奥尼德·斯捷潘内奇，能够这么说吗？

我是无缘无故地哈哈大笑了。

日尔屠欣 （看见赫鲁舒夫）啊，我看到谁了！你在这里？你好？

赫鲁舒夫 您好。

日尔屠欣 你在工作？很好……麻糕在哪儿？

赫鲁舒夫 那边……

日尔屠欣 那边是哪里？

赫鲁舒夫 我好像是说清了……那边，磨坊。

日尔屠欣 我去叫他。（一边走一唱）"无意间把我引向忧郁的河岸……"（下）

索尼娅 您好……

赫鲁舒夫 您好。

[静场。

索尼娅 您在画什么？

赫鲁舒夫 这个……没有意思。

索尼娅 这是规划？

赫鲁舒夫 不，这是我们的森林分布图，我绘制的。

[静场。

赫鲁舒夫 哎，您怎样？幸福吗？

索尼娅 现在，米哈依尔·列沃维奇，不是想幸福的时候。

赫鲁舒夫 那么想什么呢？

索尼娅 我们的痛苦就在于我们对幸福想得太多……

赫鲁舒夫 是这样。

　　　　　[静场。

索尼娅　没有苦哪有甜,痛苦教育了我。米哈依尔·列沃维奇,应该忘记自己的幸福而仅仅想到别人的幸福,应该让整个的生活都由一连串的牺牲来组成。

赫鲁舒夫　是这样……

　　　　　[静场。

赫鲁舒夫　玛丽雅·瓦西里耶夫娜的儿子开枪自杀了,但她还在小册子里寻找矛盾;您遭遇了不幸,但您还在满足自己的自尊心;您在拼命扭曲自己的生活,心里还认为这像是在作出牺牲……谁也没有心……您没有,我也没有……做的都不是需要做的,一切都化为灰烬……我现在,并不想妨碍您和日尔屠欣。您为什么哭?我并不想这样。

索尼娅　没有关系,没有关系……(擦眼泪)

　　　　　[尤丽娅、德雅金和日尔屠欣上。

七

上一场的人物,尤丽娅,日尔屠欣,然后是谢列勃里雅科夫和奥尔洛夫斯基。

谢列勃里雅科夫的声音:啊嘿!先生太太,你们在哪儿?

索尼娅 （喊）爸爸！在这里！

德雅金 茶炊拿来了！太好了！（和尤丽娅一起在桌子旁张罗）

〔谢列勃里雅科夫和奥尔洛夫斯基上。

索尼娅 爸爸，到这里来！

谢列勃里雅科夫 看到了，看到了……

日尔屠欣 （大声）先生太太，我宣布会议开始！麻糕，打开酒瓶！

赫鲁舒夫 （向谢列勃里雅科夫）教授，让我们忘记发生在我们之间的不愉快！（伸出手来）我请您原谅……

谢列勃里雅科夫 谢谢。很高兴。请您也原谅。那次发生冲突之后的第二天我好好想了想这过程，想到了我们的谈话，我感到非常不愉快……让我们做个朋友吧。（握着他的手向桌子走去）

奥尔洛夫斯基 早就应该如此。不好的和平也要比好的吵架好。

德雅金 阁下，我很幸福，您能光临我的绿洲。非常高兴！

谢列勃里雅科夫 谢谢，尊敬的先生。这里真很美。就是个绿洲。

奥尔洛夫斯基 沙萨，你喜欢大自然？

谢列勃里雅科夫 喜欢。

〔静场。

谢列勃里雅科夫 先生们,咱们别沉默,得说话。在我们的处境下,这是最好的。应该直视不幸。我看得比你们开,是因为我比你们更不幸。

尤丽娅 先生们,我不放糖,你们就着果酱喝。

德雅金 (在客人们身边周旋)我多高兴,我多高兴!

谢列勃里雅科夫 米哈依尔·列沃维奇,最近一段时间,我经受了那么多的事情,我也反思了很多,我觉得我可以写一本,写一本关于应该如何生活的书来教育后代。活到老,学到老。而不幸教育了我们。

〔索尼娅哆嗦了一下。

日尔屠欣 您哆嗦个什么?

索尼娅 有人叫喊了一声。

德雅金 这是农民在河里捕鱼。

〔静场。

日尔屠欣 先生太太们,我们说好了的,今天这个夜晚要过得就像什么事情也没有发生过似的……否则空气有点紧张……

德雅金 阁下,我对科学不仅是崇拜,甚至怀有一种亲切的感情。我的兄弟格里戈利·伊里依奇妻子的兄弟,您可能认识,康士坦丁·加甫雷奇·诺沃谢洛夫,曾经是外国文学的硕士。

谢列勃里雅科夫　我不认得。

　　　［静场。

尤丽娅　明天正好是叶戈尔·彼特洛维奇死去的第十五天。

赫鲁舒夫　尤丽娅，我们不说这个。

谢列勃里雅科夫　有点精神，精神！

　　　［静场。

日尔屠欣　总还是觉得空气有点紧张……

谢列勃里雅科夫　大自然是不允许空缺的。它让我失去了两个亲近的人，为了填补这个损失，它很快给我派来了新的朋友。列奥尼德·斯捷潘诺维奇，为您的健康干杯！

日尔屠欣　谢谢您，亲爱的亚历山大·弗拉基米洛维奇！首先让我为您的卓有成效的科研工作干杯。请您播种理智的、善良的、永恒的种子。请您播种！诚实的俄罗斯人民会对您说声谢谢！

谢列勃里雅科夫　我珍惜您的祝福。我衷心希望我们的友好关系很快会变得更加紧密。

　　　［费德尔·伊凡诺维奇上。

八

上一场的人物和费德尔·伊凡诺维奇。

费德尔·伊凡诺维奇　谁呀！野餐！

奥尔洛夫斯基　我的孩子……美男子！

费德尔·伊凡诺维奇　你们好。（与索尼娅和尤丽娅接吻）

奥尔洛夫斯基　两个星期不照面。在哪儿？见到了什么？

费德尔·伊凡诺维奇　刚刚到列娜那里去了一趟，那边说您在这里，我就来了。

奥尔洛夫斯基　在哪儿鬼混？

费德尔·伊凡诺维奇　三个晚上没有睡觉……昨天，父亲，我打牌输了五千卢布。喝酒了，玩牌了，到城里去了五次……变傻了。

奥尔洛夫斯基　好样的！这么说，现在您刚喝了酒？

费德尔·伊凡诺维奇　一点没有醉，尤丽娅。给我来点儿茶，只是要柠檬的，酸一点……舒尔仁怎样？无缘无故就往额头上来了一枪！而且拿的是什么枪——来复枪！就不能拿斯密特-维松式手枪！

赫鲁舒夫　畜生，你给我住嘴！

费德尔·伊凡诺维奇　畜生，只是有胡子的。（摸自己的胡子）这一把胡子就值……我是畜生，是傻瓜，是流氓，但我只要愿意，任何一个未婚妻都会跟我走。索尼娅，嫁给我吧！（向赫鲁舒夫）请原谅……对不起……

赫鲁舒夫 别装蒜。

尤丽娅 费佳,你是个不可救药的人!全省也找不出第二个像你这样的醉鬼和花花公子。人们甚至都不好意思看你。人不像人,鬼不像鬼——干脆是惩罚!

费德尔·伊凡诺维奇 呶,装出一副可怜相!到这边来挨着我坐……这样,我到你那儿去住两个星期……得歇歇。(吻尤丽娅)

尤丽娅 我为你感到羞耻。你应该对年老的父亲有所安慰,结果你还是让他丢脸。没有意义的生活,其他什么也没有。

费德尔·伊凡诺维奇 不喝酒了!完了!(给自己倒果子露酒)这是李子露,还是樱桃露?

尤丽娅 别喝呀,别喝呀。

费德尔·伊凡诺维奇 喝一杯可以。(喝)林妖,我给你两匹马和一支猎枪。我到尤丽娅那里去住……在她那儿住两个星期。

赫鲁舒夫 你得到禁闭营去住。

尤丽娅 喝呀,喝茶!

德雅金 费佳,你就着面包干喝。

奥尔洛夫斯基 (向谢列勃里雅科夫)沙萨兄弟,我在四十岁之前,过的也是像我的费德尔一样的生活。有一次我数了一下,我把多少妇女变成了不幸的人,数啊数，数到七十个就不往下数了。沙萨兄弟，一当我满了四十岁，我就突然之间感觉什么东西把我触动了。苦恼，到处都找不到自己的位置，一句话，心里空虚，完蛋了，我东转转，西转转，也读书，也工作，也旅游——但无济于事。后来有一次我到我死去的干亲家，英明的德米特里公爵家去做客。酒也喝了，饭也吃了……午饭过后为了不睡午觉，我们在院子里玩起了打靶。周围聚了不少人。而我们的麻糕也在其中。

德雅金 我在场……我记得。

奥尔洛夫斯基 苦恼啊，先生们知道吗！我忍不住了。我的眼泪突然间从眼睛里涌了出来，我摇晃着身子，在院子里大声喊道："我的朋友们，善良的人们，看在上帝分上，请原谅我吧！"在这个时候，我心里开始觉得清净、甜美和温暖，从此以后，我成了全县最幸福的人。你也应该这样做才对。

谢列勃里雅科夫 什么？

　　［天空出现火光。

奥尔洛夫斯基 照我那样做。应该缴械投降。

谢列勃里雅科夫 这是庸俗哲学的样本。你建议我请求原谅。为什么？还是让人来请求我原谅吧！

索尼娅 爸爸，要知道我们都有过错！

谢列勃里雅科夫 是吗？先生们，很明显，现在你们都在想我和妻子的关系。难道你们认为我有错？这甚至可笑。是她违背了自己的职责，在生活很艰难的时刻离开了我……

赫鲁舒夫　亚历山大·弗拉基米洛维奇，您听我说……您当了二十五年教授，为科学服务，我种树行医，如果我们不宽容我们为之服务的人，我们的工作还有什么意义呢？我们一方面为人们服务，一方面又毫无人性地互相伤害。比方说，您和我为了拯救舒尔仁究竟做了些什么？您的被我们大家都侮辱过的妻子在哪儿？您的安宁在哪儿？您女儿的安宁在哪儿？一切都毁灭了。先生太太们，你们叫我林妖，但不仅我一个，在你们所有人的心里都藏着一个林妖，你们所有人都在黑暗的森林里游荡，凭着感觉生活。你们的智慧、知识和情感，只够毁坏自己和别人的生活。

　　[叶莲娜·安德列耶夫娜从屋子里走出，坐在窗下的长椅上。

九

上一场的人物和叶莲娜·安德列耶夫娜。

赫鲁舒夫 我认为自己是一个有思想的、有人道精神的人，但与此同时我不肯原谅人们的很小的过错，我相信谣言，和别人一起污蔑他人，比如，当您的妻子真诚地向我表示友谊，我却居高临下地斥责她说："离我远一点！我鄙视您的友谊！"我就是这样一个人，在我心里藏着一个林妖，我渺小，平庸，盲目，但您，教授，也不是雄鹰！而与此同时，全县上下，所有的妇女都把我看成是个英雄，是个先进的人物，您则闻名全俄罗斯。而如果像我这样的人，也被认真地当作英雄，如果像您这样的人，也居然真正出了名，那就意味着，山中无老虎，猴子当大王，意味着没有真正的英雄，没有天才，没有能把我们从黑暗的森林里引领出来的人，没有能把被我们破坏的东西加以修复的人，没有真正有权享受崇高荣誉的雄鹰……

谢列勃里雅科夫 对不起……我到这里来不是为了与您争吵和捍卫自己享受荣誉的权利。

日尔屠欣 真的，米沙，放下这个话题。

赫鲁舒夫 我现在就说完，说完我就走。是的，我渺小，但您，教授，也不是雄鹰！舒尔仁渺小，他没有找到比往自己的额头打枪更聪明的做法。全都渺小！至于妇女……

叶莲娜·安德列耶夫娜 （打断他的话）至于妇女，那么她们也渺小。(走向桌子)叶莲娜·安德列耶夫娜离开了自己的丈夫。你们会想,她在争取自己的自由?不要担心……她回来了……(坐在桌旁)她已经回来了。

[众人惊愕。

德雅金 (笑)这太好了!先生,不要命令惩罚,命令说话!阁下,我拐走了您的妻子,就像从前有个帕里斯拐走了美女海伦![1]我!尽管麻脸的帕里斯是不存在的,但朋友霍拉旭[2],在世上有很多事情是我们智者们做梦也想不到的!

赫鲁舒夫 我什么也不明白……这是您,叶莲娜·安德列耶夫娜?

叶莲娜·安德列耶夫娜 这两个星期我住在伊里亚·伊里依奇这里……你们为什么都这样看我!咴,你们好……我坐在窗下什么都听到了。(拥抱索尼娅)让我们讲和。亲爱的姑娘,你好……和平和和睦!

德雅金 (搓手)这太好了!

叶莲娜·安德列耶夫娜 (向赫鲁舒夫)米哈依尔·列沃维奇。(伸过手去)不念旧恶,你们好,费德尔·伊凡诺维奇……尤丽娅……

---

[1] 特洛伊王之子帕里斯因拐走斯巴达王之妻海伦而引发特洛伊战争。
[2] 霍拉旭是莎剧《哈姆雷特》里的一个人物,这句话是哈姆雷特对霍拉旭说的一句台词。

奥尔洛夫斯基 我亲爱的，好样的教授夫人，美女……她回来了，她又到我们这里来了……

叶莲娜·安德列耶夫娜 我想念你们了。亚历山大，你好！（向谢列勃里雅科夫伸过手来，丈夫不理）亚历山大！

谢列勃里雅科夫 您违背了您的职责。

叶莲娜·安德列耶夫娜 亚历山大！

谢列勃里雅科夫 我承认，我很高兴见到您，也想和您说话，但不是在这里，而是在家里……（离开桌子）

奥尔洛夫斯基 沙萨！

〔静场。

叶莲娜·安德列耶夫娜 这样……这么说，亚历山大，我们的问题解决起来很简单：什么也不解决，哎，就这样吧！我是个次要人物，我的幸福是金丝鸟式的幸福，女人的幸福……一辈子蹲在家里不出门，吃、喝、睡，还每天听人家对你说痛风病，说自己的权利和贡献。为什么你们低下了头，像是不好意思了？让我们喝点甜酒，好吗？啊嘿！

德雅金 一切都会过去的，一切都会变好的，一切都会平安无事的。

费德尔·伊凡诺维奇 （激动地走向谢列勃里雅科夫）我受了感动……我请求您，您去安慰安慰自己的妻子，对她哪怕说上一句好话，说上一句高尚的人说的良心话，我会一辈子当您的忠实的仆人，奉送您我最好的三驾马车。

谢列勃里雅科夫 我谢谢了，但，请原谅，我不理解您……

费德尔·伊凡诺维奇 嗯……您不理解……我有一次打猎回来，看见一只猫头鹰坐在树上……我朝它开一枪，用细砂弹打的！它坐着……我又用九号子弹朝它打了一枪……它还坐着……什么也动不了它。它坐着，眨着眼睛。

谢列勃里雅科夫 您这是说什么呀！

费德尔·伊凡诺维奇 说猫头鹰。（走回桌子）

奥尔洛夫斯基 （倾听）先生太太们……小声点……好像什么地方在敲警钟……

费德尔·伊凡诺维奇 （见到火光）噢！噢！噢！看看天空！多亮的火光。

奥尔洛夫斯基 我们坐在这里，都没有看见！

德雅金 真巧。

费德尔·伊凡诺维奇 哎！这像彩灯！这是在阿历克谢耶夫斯基村附近。

赫鲁舒夫 不，阿历克谢耶夫斯基村还要靠右边……这可能是在新彼特洛夫斯克。

尤丽娅 多可怕！我就怕火光！

赫鲁舒夫 当然是在新彼特洛夫斯克。

德雅金 （叫喊）谢苗,跑到堤岸上去,看看是烧了什么,可以看得见的!

谢苗 （叫喊）这是捷利别耶夫森林在烧。

德雅金 什么?

谢苗 捷利别耶夫森林!

德雅金 森林……

　　〔长时间的静场。

赫鲁舒夫 我得到那边去……到火灾现场去。再见了……请原谅,我今天说话很尖锐,这是因为我从来没有像今天这样感到心里压抑……我心里很沉重……但这不是不幸……应该像一个人那样坚定地站稳脚跟。我不会开枪自杀的,我也不会跳到磨坊的车轮下……就算我现在不是个英雄!我会长起雄鹰的翅膀,不管是火灾还是野鬼都吓不倒我!就让森林烧掉好了,我会栽种出新的森林!别人不喜欢我好了,但我喜欢别人!(快步离去)

叶莲娜·安德列耶夫娜 他是好样的。

奥尔洛夫斯基 是啊……"别人不喜欢我好了,但我喜欢别人。"这怎么理解!

索尼娅 把我从这里带走吧……我想回家……

谢列勃里雅科夫 是的,该走了,这里太潮湿。我的毛毯和大衣在什么地方……

日尔屠欣 毛毯在车上,大衣在这里。(把大衣递给谢列

勃里雅科夫)

索尼娅 (非常激动)把我从这里带走吧,带走……

日尔屠欣 我可以为您效劳……

索尼娅 不,我跟教父走,教父,带着我一起走……

奥尔洛夫斯基 我亲爱的,咱们走,咱们走。(帮索尼娅穿衣服)

日尔屠欣 (旁白)鬼知道……除了卑鄙和屈辱什么也没有。

[费德尔·伊凡诺维奇和尤丽娅把餐具和餐巾往筐里放。

谢列勃里雅科夫 左脚的脚掌痛……应该是关节炎……又要整夜睡不着了。

叶莲娜·安德列耶夫娜 (给丈夫系大衣扣)亲爱的伊里亚·伊里依奇,把我的帽子和斗篷从屋里拿出来!

德雅金 马上!(从屋里取出帽子和斗篷)

奥尔洛夫斯基 我亲爱的,这火光吓着你了!别怕,它变小了。火灾会扑灭的……

尤丽娅 半罐果酱剩下来了……咝,让伊里亚·伊里依奇把它吃了。(向日尔屠欣)列奥尼德,拿着筐子。

叶莲娜·安德列耶夫娜 我准备好了。(向丈夫)咝,骑士长的石像[1],带着我到那二十六个凄凉的房间里去

---

[1] 典出唐璜传说,骑士长的石像最终压死了登徒子唐璜。

吧!这就是我的命!

谢列勃里雅科夫 骑士长的石像,我要嘲笑一下这个比喻,但脚痛妨碍了我。(向所有人)先生太太们,再见了!谢谢你们的款待,谢谢这个友好的聚会……很好的晚会,很好的茶水……一切都很好,但请原谅,只有你们的一样东西我不能接受,是你们的庸俗哲学,你们对生活的态度。先生太太们,应该工作。这样不行!应该工作……再见了。(与妻子下)

费德尔·伊凡诺维奇 咱们走,长舌妇!(向父亲)父亲,再见。(与尤丽娅下)

日尔屠欣 (拎着筐子,跟着他们)好沉的筐子,活见鬼……现在我讨厌这些野餐了。(走下,舞台后的喊声)阿历克谢,备马!

十

奥尔洛夫斯基,索尼娅和德雅金。

奥尔洛夫斯基 (向索尼娅)咴,怎么的,准备好了?咱们走……(和索尼娅走)

德雅金 (旁白)谁也不跟我告别……这太好了!(熄灭蜡烛)

奥尔洛夫斯基 （向索尼娅）你怎么啦？

索尼娅 我不能走，教父……没有力量！教父，我绝望了……我绝望了！我非常痛苦！

奥尔洛夫斯基 （焦急地）怎么啦？亲爱的，美人儿……

索尼娅 咱们别走……在这里再待一会儿。

奥尔洛夫斯基 一会儿说走，一会儿说留下……不明白您……

索尼娅 我今天在这里失去了自己的幸福……我受不了……啊嘿，教父，我为什么不死了！（拥抱他）啊嘿，如果能知道，如果能知道！

奥尔洛夫斯基 给你点水喝，咱们去坐下……走……

德雅金 这是怎么回事？索菲娅·亚历山德洛夫娜……我受不了啦，我浑身发抖……（含着眼泪）我不能看到这个……我的孩子……

索尼娅 伊里亚·伊里依奇，我亲爱的，把我拉到火灾现场去！我求求您了！

奥尔洛夫斯基 你为什么要去火灾现场？你去那儿能干什么？

索尼娅 我求您了，拉我去吧，否则我就自己走去。我绝望了……教父，我很痛苦，非常痛苦。把我拉到火灾现场去吧。

　　〔赫鲁舒夫快步上。

十一

上一场的人物和赫鲁舒夫。

赫鲁舒夫 （叫喊）伊里亚·伊里依奇！

德雅金 我在这里，你要什么？

赫鲁舒夫 我不能步行去，给我马。

索尼娅 （知道是赫鲁舒夫来了，高兴地叫起来）米哈依尔·列沃维奇？（走向他）米哈依尔·列沃维奇！（向奥尔洛夫斯基）教父！您走吧，我要和他谈谈。（向赫鲁舒夫）我现在是另外的一个人了……我只是想要知道心里话……除了心里话，什么也不需要。我爱，我爱您……我爱……

奥尔洛夫斯基 真想不到。（笑）

德雅金 这太好了！

索尼娅 （向奥尔洛夫斯基）教父，您走吧。（向赫鲁舒夫）是的，是的，只需要知道心里话，其他的什么也不要……您说啊，您说啊……我已经说了……

赫鲁舒夫 （拥抱着她）我亲爱的！

索尼娅 教父，您别走……当你向我表示感情的时候，我总是被喜悦所激动，但我那时被偏见束缚着，它阻碍我向你说心里话，阻碍我父亲向叶莲娜微笑。现在我自由了……

奥尔洛夫斯基 （笑）总算有了共同语言。你们上岸了！我荣幸地向你们祝贺。（深深一鞠躬）啊嘿，你们这些淘气鬼！互相扯后襟耽误了多少时间！

德雅金 （拥抱赫鲁舒夫）米沙，亲爱的，你多让我高兴！米沙！

奥尔洛夫斯基 （拥抱索尼娅并吻她）亲爱的，我的金丝雀……我的教女……

〔索尼娅笑。

奥尔洛夫斯基 呶，瞧她笑得多痛快！

赫鲁舒夫 我怎么也不能清醒过来……让我再和她聊聊……别妨碍我们……求你们了，你们走开吧……

〔费德尔·伊凡诺维奇和尤丽娅上。

十二

上一场的人物，费德尔·伊凡诺维奇和尤丽娅。

尤丽娅 费佳，你在说谎！你全在说谎！

奥尔洛夫斯基 哒！孩子们，小声点！我的小强盗来了。咱们藏起来，快点！

〔奥尔洛夫斯基，德雅金，赫鲁舒夫和索尼娅躲藏起来。

费德尔·伊凡诺维奇　我忘拿了自己的鞭子和手套。

尤丽娅　你在骗人！

费德尔·伊凡诺维奇　呗，这个麻糕真是个傻瓜！到现在还不收拾餐桌！会有人把茶炊偷去的……啊嘿，麻糕啊麻糕，年纪一大把了，智慧还不如孩子！

德雅金　（旁白）非常感谢。

尤丽娅　我们过来的时候，好像有什么人在笑……

费德尔·伊凡诺维奇　这是女人在洗澡……（捡起手套）谁的手套……索尼娅的……今天索尼娅很反常。她爱上林妖了。她狂热地爱上了他，而他看不出来。

尤丽娅　（生气地）我们这是上哪儿去？

费德尔·伊凡诺维奇　到堤岸上去……到那儿去玩玩……全县再也没有比这更好的地方了……美！

奥尔洛夫斯基　（旁白）我的儿子！美男子！美……

尤丽娅　我现在听到了谁的说话声音？

费德尔·伊凡诺维奇　这里很美啊，林妖在这里出没，美人鱼在树林中坐着……叔叔！（在尤丽娅的肩上敲打了一下）

尤丽娅　我不是叔叔。

费德尔·伊凡诺维奇　让我们平心静气地讨论一下。尤丽娅，你听我说。我曾经从火与水和战斗的号角中间走过……我已经三十五岁，我除了在塞尔维亚服役时的中尉军衔和俄国预备役军士之外，没有任何称号。我在天地间游荡……我需要改变一下生活方式，而你知道吗……你明白吗？现在我头脑里出现了这样的幻想，如果我结婚，我的生活就会出现一个转折……你嫁给我吧，啊？我不需要更好的……

尤丽娅 （害羞地）嗯……你……首先你得改邪归正，费佳。

费德尔·伊凡诺维奇 呶，又不是吉卜赛人！你就直说吧！

尤丽娅 我不好意思……（环视）等等，要是有人闯进来呢？要是有人偷听呢……麻糕好像在窗口看着。

费德尔·伊凡诺维奇 没有任何人。

尤丽娅 （搂住她的脖子）费佳！

　　[索尼娅大笑，奥尔洛夫斯基，德雅金和赫鲁舒夫大笑，他们鼓着掌，喊道："好！好！"

费德尔·伊凡诺维奇 唷！好吓人！你们从哪冒出来的？

索尼娅 尤丽娅，祝贺你！我也这样！我也这样！

　　[索尼娅和尤丽娅欢笑，接吻，嬉闹。

德雅金 这太好了！这太好了！

——幕落

从《林妖》到《万尼亚舅舅》

童道明

契诃夫给这个剧本起了"林妖"的剧名,是因为本剧主人公——赫鲁舒夫医生有个"林妖"的外号,而到剧本快结尾的时候,赫鲁舒夫还有一段点题的台词:"先生太太们,你们叫我林妖,但不仅我一个,在你们所有人的心里都藏着一个林妖,你们所有的人都在黑暗的森林里游荡,凭着感觉生活。你们的智慧、知识和情感,只够毁坏自己和别人的生活。"

《林妖》构思于一八八八年。契诃夫当初着眼于戏剧的文学性,说:"如果这个剧本具有文学的意义,我就心满意足了。"(见一八八八年十月二十四日信)一八八九年写成《林妖》之后,他又把这个剧本定位为"长篇小说式的喜剧"。(见一八八九年九月三十日信)戏剧界的有关人士读过这个剧本之后,也有"像戏剧小说,而不是戏剧作品"的批评意见。一八八九年底契诃夫把这个剧本交给一家私营剧院,首演在一八八九年十二月二十七日。剧本公演之后,反应平平,契诃夫就把《林妖》搁置了起来。大概过了七八年之后,契诃夫痛下决心,对《林妖》进行了大刀阔斧的修改,不仅重写了第四幕,还删去了几个人物,改变了几个人物的姓名,剧名也成了《万尼亚舅舅》。所以,契诃夫的研究者得到一个共识:《林妖》是《万尼亚舅舅》的前身,把《林妖》与《万尼亚舅舅》进行对比研究,也成了研究契诃夫戏剧的一个内容。

现在先来看一下,《林妖》与《万尼亚舅舅》的异同:

《林妖》里谢列勃里雅科夫教授,教授夫人叶莲娜·安德列耶夫娜,教授前妻的女儿索尼娅,以及教授前妻母亲玛丽雅·瓦西里耶夫娜的姓名都原封不动地留在了《万尼亚舅舅》里。《林妖》里的沃依尼茨基,在《万尼亚舅舅》里保留了这个姓,但改了名和父名,而《林妖》里的赫鲁舒夫医生到《万尼亚舅舅》里成了阿斯特罗夫医生。但阿斯特罗夫医生和赫鲁舒夫医生所持的信念是一致的。"人身上的一切都应该是美丽的,无论是面孔,还是衣裳,还是心灵,还是思想。"这句名言,在《林妖》里是通过赫鲁舒夫医生之口说出,在《万尼亚舅舅》中则通过阿斯特罗夫医生之口说出。更能说明问题的是,《林妖》里赫鲁舒夫一段关于森林的长篇独白,被契诃夫完全搬用到了《万尼亚舅舅》的阿斯特罗夫医生的独白里——

"所有的俄罗斯森林在斧头下呻吟,几十亿树木遭到毁灭,野兽和鸟类也要失去栖身之地,河流在涸竭,美丽的风景将永远消失,而这全因为懒惰的人不肯弯一弯腰,从地底下掘取燃料。只有丧失理智的野人,才会在自己的火炉里把这美丽烧掉,才会去毁灭我们无法再造的东西。人是富于理智和创造力的,理应去增加他们需要的财富,然而,到现在为止,人没有去创造,反而去破坏。森林越来越少,河流涸竭,野兽绝迹,气候恶化,土地一天天地变得贫瘠和难看。您现在用嘲讽的眼神看着我,我所说的一切在您看来是很陈旧的,没有意义的。但当我走过那些被我从伐木的斧头下救出的农村的森林,或者当我听到由我亲手栽种的树林发出美妙的音响的时候,我便意识到,气候似乎也受到我的支配了,而如果一千年之后人们将幸福,那么在这幸福中也有我一份微小的贡献。当我栽下一棵白桦树,然后看到它怎样地慢慢变绿,怎样地在风中摆动,我的心就充满着自豪,因为我意识到,我是在帮助上帝创造世界。"

契诃夫把这一大段独白移植到《万尼亚舅舅》之后,只是删去了独白的最后一句——"因为我意识到,我是在帮助上帝创造世界。"

这段写于一八八九年的呼吁保卫大自然的长篇独白,也可能是我们能够读到的最早的由作家发出的保护生态环境的呼唤，而那些区别于日常生活用语的抒情台词的运用，也是契诃夫有意识地加强戏剧的文学性的一种手法，我们在《林妖》之后契诃夫的所有多幕剧作品中，都可能找到这样的文学性很强的抒情独白。

两个剧本第二幕的结尾也完全一样，而这个结尾是深得评论家们赞赏的。

从《林妖》到《万尼亚舅舅》的一个重要变化，是强化了在《林妖》中已见端倪而在《万尼亚舅舅》中变得越加明晰的"为偶像白白牺牲青春"的题旨。《林妖》里的沃依尼茨基有一段感叹自己青春虚度的独白："马上就要来一场大雨，大自然里的一切都会精神抖擞起来，呼吸也变得更轻快。但只有我一个人，是不会被这场雷雨抖擞起精神来的。无论是白天，还是黑夜，有一个想法，就像一个小鬼压迫着我，我的生活无可挽回地丧失了，我没有过去，我的过去愚蠢地耗费在区区小事上，而我的现在又荒唐得可怕。"《万尼亚舅舅》里保留了这段原有台词，但又进一步加写了一段沃依尼茨基直接抨击谢列勃里雅科夫的台词："我受了多大的欺骗！我曾经把这个教授，这个痛风病患者奉若神明，为他像牛一样地劳作过！……我曾经为他，为他的科学成就感到骄傲，我陶醉在他的事业里！他所写的一切，所说的一切，我都以为是天才的……上帝，可现在呢？现在他退休了，现在他生活的结局一目了然：他没有留下一页著作，他是无名之辈,他等于零!是个肥皂泡!而我受骗了……"

由于有了这样的意义上的深化,契诃夫也在人物关系、戏剧情节和戏剧冲突的走向上随之作了变动:把一直钟情于索尼娅的赫鲁舒夫医生改成知道索尼娅对自己有意但不想报以相同感情的阿斯特罗夫医生。把沃依尼茨基在《林妖》第三幕结尾的自杀身死,改为沃依尼茨基的枪击教授未遂。这样也导致了第四幕的完全重写,把《林妖》第四幕的"有情人终成眷属"的喜剧性结局,改为《万尼亚舅舅》的沃依尼茨基继续为教授效力的痛苦无奈。而正是由于这样的不把人与环境的悲剧性轻易消解的坚持,使得《万尼亚舅舅》从思想性到艺术性都有了质的进步。我把《林妖》翻译出来的动机,除了完成把所有契诃夫剧作都译介出来的夙愿之外,是想让中国的剧作家们了解到契诃夫在一百年前提供的一个很有启发性的戏剧经验——把一个普通的戏剧佳作修改成非凡的戏剧杰作的戏剧经验。

《林妖》也没有被人遗忘。俄罗斯出版的规模较大的《契诃夫文集》都收有此剧,也不时能看到它被搬上舞台的信息。

Антон Павлович Чехов
Леший

图书在版编目(CIP)数据

林妖 / (俄罗斯) 安东·巴甫洛维奇·契诃夫著；
童道明译 . —上海：上海译文出版社，2024.6
(契诃夫戏剧全集：名家导赏版；7)
ISBN 978-7-5327-9583-3

Ⅰ.①林… Ⅱ.①安… ②童… Ⅲ.①多幕剧-剧本
-俄罗斯-近代 Ⅳ.①I512.34

中国国家版本馆 CIP 数据核字 (2024) 第 097778 号

林妖 契诃夫戏剧全集 7 名家导赏版	Антон Павлович Чехов [俄] 安东·巴甫洛维奇·契诃夫 著 童道明 译	出版统筹 赵武平 策划编辑 陈飞雪 责任编辑 邹 滢 装帧设计 张擎天

上海译文出版社有限公司出版、发行
网址：www.yiwen.com.cn
201101 上海市闵行区号景路 159 弄 B 座
上海市崇明县裕安印刷厂印刷

开本 787×1092 印张 4.5 插页 2 字数 51,000
2024 年 6 月第 1 版 2024 年 6 月第 1 次印刷
印数：0,001—7,000 册

ISBN 978-7-5327-9583-3/I·6006
定价：35.00 元

本书中文简体字专有出版权归本社独家所有，未经本社同意不得转载、摘编或复制
如有质量问题，请与承印厂质量科联系，T: 021-59404766